Schlaf schön, mein Baby

-

Mit diesen Tipps einer zweifachen Mutter bringen Sie Ihr Baby sanft in den Schlaf und bleiben dabei stets entspannt

Laura Ritter

Schlaf schön mein Baby

ISBN: 9798558292077

INHALT

EINLEITUNG

Nur selten können frisch gebackene Eltern in den ersten Wochen durchschlafen. In der Regel schlafen Babys zu Beginn nur zwei Stunden am Stück, denn sie müssen sich stets vergewissern, dass die Mama noch da ist. Ist doch alles plötzlich so neu und anders, seit sie auf der Welt sind. Neun Monate lang musste sich das Baby keine Gedanken um Helligkeit, Schlaf und Ernährung machen. In Mamas Bauch war es immer warm und geborgen. Hinzu kommt, dass jedes Baby ein kleines Individuum ist und seinen eigenen Charakter mit sich bringt.

Ein neues Familienmitglied, an das sich alle erst mal gewöhnen müssen. Auch wenn man gerade als Eltern am Anfang sehr verliebt in das kleine Menschlein ist, kommt doch schnell der Punkt, wo einen der Schlafmangel runterzieht. Besonders, wenn das Baby auch nach einem Jahr noch nicht daran denkt, durch zu schlafen. Doch eine gestresste und übermüdete Mama bringt dem Baby nicht viel. Deswegen gibt es in diesem Ratgeber alle Informationen über den Schlaf von Babys, die frisch gebackene Eltern unterstützen.

Sie erfahren, wie viel Schlaf ein Baby benötigt und wie Sie die richtige Schlafumgebung für den Neuankömmling einrichten. Sie lesen von Erfahrungen anderer Eltern und mit welchen Tricks sie den Schlafmangel besser ertragen konnten. Sie lernen schöne Einschlafrituale kennen, um es Ihrem Baby so leicht und geborgen wie möglich zu machen. Mithilfe des Schlafprotokolls können Sie herausfinden, welche Ursachen das häufige Aufwachen Ihres Babys haben könnte. Und dank der vielen Tipps wird sicherlich auch Ihr Baby bald zu einem besseren Schläfer.

Alles, was ein Baby braucht, ist Geborgenheit und Liebe von entspannten Eltern. Muss man nachts aber alle zwei Stunden aufstehen, um dem Baby eine Milch zu geben oder es gar herumtragen, bis es wieder schläft, sind Eltern schnell nicht mehr entspannt. Sie geraten in einen Teufelskreis. Schlechte Schlafgewohnheiten bilden sich und lassen den Traum von einer Nacht mit acht Stunden Dauerschlaf schnell zerplatzen. Dieser Ratgeber hilft Ihnen, schlechte Schlafgewohnheiten zu entdecken und auszuräumen. Dafür erhalten neue Rituale einen Platz.

Es gibt unzählige Möglichkeiten, aus denen Sie wählen können. Dabei gilt es herauszufinden, was das Richtige für Sie und Ihr Kind ist. Sie sind der Experte für Ihr Baby. Durch Beobachtungen und Ausprobieren finden Sie den richtigen Weg für einen gesunden Schlaf mit Ihrem Baby, aus dem sowohl das Kind als auch Sie ausgeruht und voller Energie hervorgehen.

Allgemeine Schlaf-Trainings können in diesem Punkt nicht funktionieren, weil sie den Blick auf das individuelle Kind vergessen. Aber jedes Kind ist anders! Vielleicht benötigt Ihr Kind andere Rituale, weniger oder mehr Schlaf, einen anderen Ort zum Schlafen als das Kind der Freundin, Nachbarin oder Kollegin. Lassen Sie sich nicht von den Meinungen anderer Leute beeinflussen. Folgen und vertrauen Sie Ihrem Mutterinstinkt. Sie kennen Ihr Baby am allerbesten. Finden Sie zusammen einen Weg, der Ihnen und Ihrer Familie guttut.

GRUNDLAGEN ZUM SCHLAF VON BABYS UND KLEINKINDERN

Jedes Baby ist ein kleines Individuum. Es kommt mit einem einzigartigen Charakter auf die Welt. Mit jedem Baby, welches in eine Familie geboren wird, verändern sich alle Familienmitglieder, müssen lernen, sich anzupassen und sich aufeinander einzulassen. Wird ein Baby geboren, ist es wie die Liebe auf den ersten Blick. Man freut sich, alles ist neu und aufregend. Aber man muss sich auch die Zeit nehmen, sich gegenseitig kennenzulernen.

Wie ein Erwachsener, bringt auch ein Baby seine Eigenarten und unterschiedliche Bedürfnisse mit. Da das Baby das Sprechen erst noch erlernen muss und zu Beginn nur schreien kann, um sich mitzuteilen, ist es zunächst eine große Herausforderung, diese Eigenarten zu verstehen und herauszufinden, was das Baby eigentlich von einem will. Doch nach kurzer Zeit beherrschen die meisten Eltern diese Schreisprache und wissen genau, was ihr kleiner Schatz nun braucht.

Wie viel Schlaf braucht ein Baby überhaupt?

Da also jedes Baby ganz individuell ist, kann man auch die Frage, wie viel Schlaf ein Baby braucht, gar nicht pauschal beantworten. Im Schnitt benötigen Babys in den ersten drei Lebensmonaten 16 bis 18 Stunden Schlaf pro Tag. Wie kommt es da, dass frisch gebackene Eltern oft so müde sind? Das Problem ist, dass die meisten Babys nur einen leichten Schlaf haben. Neugeborene haben alle zwei bis drei Stunden Hunger, auch nachts. Mamas, deren Babys sich sehr genau an die Trinkzeiten halten, können tagsüber ein paar Stunden Schlaf nachholen und sich so auf das häufige Aufwachen in der Nacht vorbereiten.

Manche Babys sind die reinsten Murmeltiere und schlafen sehr fest. Sie lassen sich schlafend von der Krabbeldecke ins Bettchen tragen oder von der Babyschale in den Kinderwagen legen. Andere wachen bei jedem noch so kleinen Geräusch auf. Wieder andere schlafen besonders dann gut, wenn der Staubsauger oder die Waschmaschine läuft. Sicherlich ist einiges davon auf die Zeit im Mutterleib zurückzuführen. War die Schwangerschaft eher turbulent oder ruhig? War das Baby im Bauch sehr aktiv oder eben eins dieser Murmeltiere?

Jedoch sollte man sich als Eltern niemals auf das Verhalten festlegen, das ein Baby zeigt. Babys, die schon früh durchschliefen, wachen plötzlich mehrmals die Nacht schreiend auf, während Babys, die einen stundenlang wach hielten, von einem Tag auf den anderen durchschlafen. Allgemein nimmt das Schlafbedürfnis des Babys mit der Zeit immer mehr ab. Der Tagschlaf wird kürzer und der Nachtschlaf dafür länger. Es beginnt nachts für längere Zeit an einem Stück zu schlafen und braucht seltener eine Milch. Im Laufe des zweiten Lebensjahres lernt das Kleinkind tagsüber nur noch einmal zu schlafen. Vielen Kindern gelingt es nun auch nachts für bis zu acht Stunden am Stück zu schlafen, ohne aufzuwachen oder Hilfe beim Wiedereinschlafen einzufordern.

Aus der folgenden Liste können Sie den allgemeinen Schlafbedarf von Babys und Kleinkindern entnehmen. Jedoch sollten Sie auch hier bedenken, dass jedes Kind eine eigene Persönlichkeit mit unterschiedlichsten Bedürfnissen hat. Deswegen sind alle Zahlen nur Richtwerte, die sich aus Durchschnittswerten ergeben. Es kann zum Beispiel durchaus vorkommen, dass ein drei-jähriges Kind noch einen Mittagsschlaf benötigt oder ein Baby mit sechs Monaten einen einzigen Tagschlaf für ausreichend empfindet. Es gilt herauszufinden, was Ihr Kind persönlich benötigt, um die wachen Phasen glücklich und zufrieden meistern zu können.

Meine erste Tochter hatte bereits mit zwei Jahren den Mittagsschlaf satt, während meine jüngere Tochter mit zehn Monaten noch auf 16 Stunden Schlaf kam. Beide sind glücklich und entwickeln sich altersgemäß, trotz ihres ganz unterschiedlichen Schlafverhaltens. Vertrauen Sie Ihrem Kind, dass es seine Bedürfnisse einschätzen kann und vertrauen Sie auch sich selbst, dass Sie einschätzen können, wann es mehr oder weniger Schlaf braucht. Manchmal müssen Sie Ihrem Baby dabei helfen, zu entscheiden, dass es müde ist. Gerade Kleinkinder können Meister darin sein, ihre Müdigkeit vertuschen zu wollen. Mit Liebe und Geduld können Sie Ihrem Kleinkind dennoch beibringen, richtig einzuschätzen, wann etwas Schlaf besser ist, als übermüdet und quengelig zu sein. Das Kind muss lernen, dass es nichts verpasst, wenn es schläft, sondern dass Schlaf etwas Positives ist, ihm Mehrwert liefert.

Schlafbedarf von Babys und Kleinkindern:

- *Neugeborenes: 16 bis 18 Stunden, gleichmäßig verteilt auf Tag und Nacht.*
- *3-6 Monate: 15 Stunden, der Nachtschlaf nimmt langsam zu, mehrere Tagesschläfchen.*
- *6-9 Monate: 14 Stunden, Nachtschlaf am Stück von ca. sechs Stunden möglich, mehrere Tagesschläfchen.*
- *9-12 Monate: 14 Stunden, davon ca. zwei Tagesschläfchen.*
- *12-18 Monate: 14 Stunden, davon ein bis zwei Tagesschläfchen.*
- *18-24 Monate: 13 Stunden, davon ein Mittagsschlaf.*
- *Ab ungefähr drei Jahren endet der Mittagsschlaf.*
- *Ab sechs Jahren reicht ein Schlaf von 11 Stunden aus.*

Der Schlafzyklus von Babys und Kleinkindern

Als Schlafzyklus bezeichnet man die Zeitspanne vom Beginn des Einschlafens bis hin zum Aufwachen nach einem Traumschlaf. Diesen entwickeln Babys im Mutterleib ab der 35. Schwangerschaftswoche. Vorher besitzen sie keinen Schlaf-Wach-Rhythmus, sondern befinden sich in einem Dämmerschlaf.

Während unser Schlafzyklus einem Tag- und Nacht-Rhythmus folgt, ist der des Babys nur von Schlaf- und Wachperioden geprägt. Sie müssen sich nach der Geburt erst an einen Tag- und Nacht-Rhythmus gewöhnen. Das kann mehrere Wochen oder sogar Monate dauern. Im Mutterleib ist es immer dunkel und somit bekommt das Baby von Tagen und Nächten nicht viel mit. Viele Mütter berichten, dass sie gegen Ende der Schwangerschaft schlecht schlafen konnten, weil das Baby wach war, wenn sie schlafen wollten. Die Mutter beeinflusst den Schlaf-Rhythmus des Babys im Mutterleib also nicht.

Der REM-Schlaf

Es gibt bei Babys ebenso wie bei Erwachsenen, zwei Schlafphasen: den REM-Schlaf und den Non-REM-Schlaf. Als REM-Schlaf wird der Traumschlaf bezeichnet. Der Non-REM-Schlaf beschreibt den Tiefschlaf. Diese Phasen wechseln sich beim Schlafen ab.

Während Erwachsene direkt in den Non-REM-Schlaf gleiten, beginnen Babys ihren Schlaf mit dem REM-Schlaf. Deswegen sind sie am Anfang sehr leicht aufzuwecken. Eltern, die ihre Babys in den Schlaf begleiten, sollten daher immer einige Minuten neben dem Baby liegen bleiben, bevor sie das Zimmer verlassen. Ansonsten ist die Mühe oft umsonst, da das Baby wieder aufwacht, wenn man zu früh aus dem Zimmer geht.

Für viele Eltern ist dies ein typisches Szenario an jedem Abend. Sie begleiten ihr Baby oder Kleinkind in den Schlaf, weil es anders nicht einschläft und versuchen dann den perfekten Moment zu finden, um den Raum zu verlassen, ohne dass das Kind aufwacht und das Ganze von vorne beginnt.

Ungefähr in der Hälfte der Schlafenszeit befinden sich Babys im Tiefschlaf (Non-REM-Schlaf). Den REM-Schlaf kann man bei Babys sehr gut erkennen. Neugeborene zucken zum Beispiel ruckartig mit den Armen und Beinen, zeigen das wunderschöne Engelslächeln und atmen unregelmäßig. Manchmal weinen sie kurz, schlafen kurz darauf aber seelenruhig weiter. Aus diesem Grund sollte man zwar immer nach dem Baby sehen, wenn es weint, es jedoch nie direkt hochnehmen. Oft schläft es schnell von alleine wieder ein. Auch wenn es nicht sofort wieder einschläft, sollte man das Hochnehmen erst mal unterlassen. Sanftes Zureden oder eine sanfte Hand auf dem Bauch des Kindes wirken ebenso beruhigend und reichen meist aus

Warum verändert sich das Schlafverhalten von Babys so oft?

Wie gut und tief wir schlafen, hängt von unserem Gehirn ab. Es bestimmt unsere Schlaf- und Wachphasen, wann wir träumen und wann wir aufwachen. Das Gehirn eines Babys entwickelt sich im Laufe des ersten Lebensjahres die ganze Zeit weiter. Es wächst und verändert sich. Das Baby lernt fast täglich neue Dinge hinzu. Es lernt zu essen, sich fortzubewegen, welche Personen zur Familie gehören usw. Somit verändert sich auch der Schlaf des Babys jedes Mal, wenn sich das Gehirn weiterentwickelt.

Acht große Wachstumsschübe durchläuft das Baby in den ersten vierzehn Lebensmonaten. Während dieser Zeit wächst das Baby nicht nur körperlich, sondern entwickelt auch Fähigkeiten. Das ist anstrengend und begleitet das Baby auch im Schlaf.

Natürlich gibt es Babys, die auf diese Entwicklung empfindlicher reagieren als andere. Manche Babys scheinen Tief- und Langschläfer zu sein und lassen sich auch die Entwicklungsschritte nicht groß anmerken.

Für die meisten Babys gilt jedoch, dass sie in Zeiten, wo sie große Fortschritte in der Entwicklung machen, mehr weinen und weniger schlafen. Oft sind sie anhänglicher, brauchen nachts plötzlich noch mal eine Milch oder wollen mehr gestillt werden. Es hilft, sie tagsüber mehr auf den Arm zu nehmen und umher zu tragen. Ein Tragetuch kann dafür eine wunderbare Erleichterung sein und stärkt nebenbei die Eltern-Kind-Bindung.

Die acht Wachstumsschübe auf einen Blick:

1. ***Wachstumsschub ab der 5. Lebenswoche:***
   Kennenlernen der Umwelt, erstes Lächeln.

2. ***Wachstumsschub ab der 8. Lebenswoche:***
   Die Sinne werden geschärft, das Baby fängt an, Farben zu erkennen.

3. ***Wachstumsschub ab der 12. Lebenswoche:***
   Das Sozialverhalten entwickelt sich, das Baby lernt zu kommunizieren.

4. ***Wachstumsschub ab der 19. Lebenswoche:***
   Das Baby entwickelt viele neue motorische Fähigkeiten, es beginnt alles in den Mund zu stecken.

5. ***Wachstumsschub ab der 26. Lebenswoche:***
   Das Baby lernt Gefühle wie Angst kennen, es lernt etwas über Ursache und Wirkung.

6. ***Wachstumsschub ab der 37. Lebenswoche:***
   Das Baby erkundet die Umwelt, es lernt krabbeln.

7. ***Wachstumsschub ab der 46. Lebenswoche:***
   Das Baby zieht sich hoch und lernt langsam laufen, es erkundet die Umwelt auf eigene Faust, es lernt Zusammenhänge kennen.

8. ***Wachstumsschub ab der 55. Lebenswoche:***
   Das Baby lernt richtig laufen.

Woran erkennt man, dass ein Baby müde ist?

Manche Babys schlafen überall ein. Im Auto, auf der Krabbeldecke, im Kinderwagen oder auf dem Arm. Andere wiederum benötigen Begleitung und kleine Hilfsmittel wie einen Schnuller oder den Daumen. Wenn Ihr Baby zur ersten Kategorie gehört, können Sie sich glücklich schätzen. Jedoch sollten Sie darauf achten, dass das Baby ausreichend Ruhe bekommt. Zum Beispiel sollte es nur für kurze Zeit in der Babyschale schlafen, da diese nicht gut für seinen Rücken ist. Am besten liegt ein Baby zum Schlafen ganz flach. Ohne Kissen oder gebeugte Haltung.

Aber wie erkennt man, dass das Baby müde ist, wenn es nicht zur ersten Kategorie zählt?! Wenn man genau hinschaut, machen uns Babys und Kleinkinder selber darauf aufmerksam, dass sie müde werden. Sie reiben sich die Augen, spielen an den Ohren, gähnen oder drehen sich beim Spielen weg. Manche Babys äußern sich durch Schreien oder unmotiviertes Strampeln.

Als frisch gebackene Eltern vom ersten Nachwuchs ist das nicht immer eindeutig zu erkennen. Aber wenn man sein Baby aufmerksam beobachtet, wird man den Dreh bald raus haben. Am besten legt man das Baby von Anfang an zum Schlafen an den gleichen Ort. Bestenfalls ist das ein Ort, der tagsüber nicht zum Spielen genutzt wird, wie zum Beispiel der Laufstall. Wird das Baby älter, versteht es nämlich nicht, dass es den Spielort nun zum Ruhen verwenden soll. Ob das Baby im Kinder- oder Schlafzimmer schläft, bleibt jedem selbst überlassen. Die Vor- und Nachteile der verschiedenen Schlafmöglichkeiten werden im weiteren Verlauf noch erläutert.

Allgemein fällt es den meisten Neugeborenen recht leicht in den Schlaf zu finden. Schwieriger wird es meist nach den ersten Lebensmonaten. Die Babys lernen zahlreiche Dinge dazu und müssen das Erlernte verarbeiten. Sie bekommen erste Albträume und lernen Gefühle wie Angst kennen. Gegen den achten Lebensmonat beginnen sie zu fremdeln, sie haben also Angst vor anderen Menschen, wollen immer bei den Eltern sein. Manchmal reicht diese Angst sogar so weit, dass sie sich vor der Oma oder dem Papa fürchten.

Bei manchen Babys dauert diese Fremdelphase länger, bei anderen ist sie kaum zu bemerken. Je älter sie werden, desto mehr Angst haben sie etwas zu verpassen, wenn sie schlafen, während andere Familienmitglieder noch wach sind. Wichtig ist in jedem Alter und jeder Entwicklungsphase, dass die Kleinen eine verlässliche Person an ihrer Seite haben. Sie brauchen Mama oder Papa als Sicherheit. Wer sich sicher und geborgen fühlt, kann auch entspannt (ein-)schlafen.

Ab wann schlafen Babys durch?

Man bezeichnet es als Durchschlafen, wenn ein Baby oder Kleinkind mindestens sechs Stunden am Stück schläft, ohne in den REM-Phasen richtig aufzuwachen. Das bedeutet übrigens nicht, dass es gar nicht aufwacht. Jeder wacht zwischen den einzelnen Schlafphasen kurz auf. Jedoch merkt man dies meist gar nicht und schläft sofort wieder ein. Schafft ein Baby oder Kleinkind diese Hürde des „Nicht-Aufwachens" bzw. „Wieder-Einschlafens", dann spricht man vom Durchschlafen.

Grundsätzlich ist ein Baby ab dem dritten Lebensmonat so weit, dass es fünf Stunden am Stück schlafen kann. Etwa 70 % der Babys schaffen dies zumindest vorübergehend. Jedoch gilt auch hier wieder, dass jedes Kind unterschiedlich ist. Wie bei uns Erwachsenen gibt es Babys, die gerne lang schlafen und andere, die die Nacht zum Tag machen wollen. Natürlich ist es für Eltern anstrengend, wenn ein Baby auch mit einem Jahr noch alle drei Stunden aufwacht. Manche Kinder brauchen leider einfach etwas länger als andere.

Es geht übrigens auch andersherum. Während meine erste Tochter die ersten zwei Lebensjahre gar nicht durchgeschlafen hat, schlief meine zweite Tochter bereits kurz nach der Geburt durch. Mit zehn Monaten begann sie jedoch alle drei Stunden zu weinen und schlief auch ohne Hilfe nicht wieder ein. Mit viel Liebe und Geduld schläft aber jedes gesunde Kind früher oder später durch.

Manche Kinder benötigen dafür besonders viel Zeit und schlafen erst im Grundschulalter durch. Eltern können sich diese schwierige Zeit aber durch ein paar Tricks erleichtern. Manchen Kindern hilft ein Nachtlicht, andere schlafen lieber bei den Eltern im Bett. Mit dem Mut zu ein paar Experimenten, kann das Durchschlafen des ein oder anderen Kind beschleunigt werden.

VORAUSSETZUNGEN FÜR EINEN GUTEN SCHLAF

Viele Bücher, Ratgeber und Foren vermitteln Eltern, wie wichtig es ist, dass Kinder Schlafen lernen. Sie versprechen durch verschiedene Übungen oder Trainings, dass es sich schnell an den Schlaf im eigenen Bett gewöhnt und bald nachts nicht mehr aufwacht. Die Trends schwanken zwischen Langzeitstillern und Flaschenkindern, ebenso wie zwischen dem Schlaf im eigenen Kinderzimmer und dem Familienbett.

Beide Themen sind eine wahre Einladung zu strittigen Diskussionen zwischen Eltern, in der Familie und sogar unter Fachleuten. Stellt man sich aber die Frage, wie Babys vor Tausenden von Jahren aufgewachsen sind, liest man keinesfalls von Schlaftrainings oder Flaschenmilch. Viel wichtiger ist zunächst einmal, dass sich eine gute Bindung zwischen den Eltern und dem Baby entwickelt.

Natürlich ist es gut, dass es heute die Möglichkeit von Flaschennahrung gibt. Jedoch hat auch das Stillen in Bezug auf den Schlaf von Babys enorme Vorteile. Um Schlafen zu können, braucht ein Baby also keine Diskussion über den Ort oder das Hilfsmittel. Ebenfalls ist es nicht nötig, den Schlaf anzuerziehen, sogar schier unmöglich, da Schlaf nichts mit Erziehung zu tun hat.

Ein Kind benötigt lediglich Liebe, Nähe, Geduld und Sicherheit, um das Vertrauen in den Schlaf zu entwickeln. Wir müssen dem Kind die Möglichkeit bieten, uns zu vertrauen. Wir müssen ihm zeigen, dass es nicht alleine ist, dass wir immer da sind, wenn es weint. Diese Grundvoraussetzung scheint mit dem Schlaf eines Kindes zunächst gar nichts zu tun zu haben, ist aber unbedingt notwendig, um in Zukunft dauerhaft entspannt ein- und irgendwann auch durchzuschlafen.

Auch ein geregelter Tagesablauf kann dem Baby dabei helfen, einen guten Schlafrhythmus zu entwickeln. Babys und Kleinkinder, die jeden Tag ähnliche Abläufe und Rituale erleben, schlafen schneller und besser als Kinder, die mit viel Spontanität aufwachsen. Die Hauptaufgabe von Eltern ist also, eine gute Beziehung zu ihrem Baby aufzubauen und anschließend einen Tagesablauf zu finden, der für alle Familienmitglieder gut passt.

Eine Beziehung zum Baby aufbauen

Aber wie baue ich eine gute Beziehung zu meinem Baby auf? Wie lernt es, dass es mir Vertrauen schenken kann? Bereits im Mutterleib kann man eine Bindung zu seinem Baby aufbauen. Sogar für Väter und Geschwisterkinder ist dies möglich. Dafür sollten alle Familienmitglieder regelmäßig mit dem Baby im Bauch sprechen. Es sanft streicheln, ihm etwas vorsingen oder eine Geschichte erzählen.

Die meisten Babys erkennen die Stimmen und Geräusche nach der Geburt wieder. So kann man dem Baby das erste Einschlafritual schon im Bauch schmackhaft machen. Spüren Sie gegen Ende der Schwangerschaft nach, wann die Schlafenszeiten Ihres Babys sind. Legen Sie dann zur gewohnten Schlafenszeit eine Spieluhr auf den Bauch. Das Baby wird diese sobald es geboren ist, wieder erkennen und sich davon beruhigen lassen.

Ist es erst mal auf der Welt, gibt es eine Vielzahl von Möglichkeiten, eine gute Bindung zueinander aufzubauen. Dazu zählt das Stillen, der intensive Hautkontakt (auch Känguruhen genannt), das Vorsingen und -lesen und viel Zeit miteinander zu genießen. Die erste Zeit mit dem Baby ist Gold wert und sollte im engsten Familienkreis genossen werden. So gewinnt Ihr Baby das Vertrauen in Sie.

Zusätzlich können Sie Kurse besuchen, die die Bindung noch weiter stärken. Dafür bietet sich ein Babymassage-Kurs, das Babyschwimmen oder ein PEKiP Kurs an. Hier verbringt man intensive Zeit mit seinem Baby. So entwickelt sich ein inniges Verhältnis, was sich beim Schlafen positiv zeigen wird. Reagieren Sie in den ersten Monaten immer sofort auf das Schreien Ihres Babys. Auch das stärkt die Bindung. Das Baby kann Ihnen nur auf diese Art und Weise zeigen, was es braucht. Es kann noch nicht sprechen und besitzt keine andere Möglichkeit, auf sich aufmerksam zu machen. Reagieren Sie jedoch schnell und beruhigen es, lernt es, dass es sich bei Ihnen sicher fühlen darf. Es lernt zu vertrauen.

Die Bedürfnisse eines Babys

Eigentlich sind Babys sehr einfach gestrickt. Sie brauchen die Nähe der Bezugsperson um sich gesund zu entwickeln. Bestenfalls ist dies zu Beginn die Mama, aber auch der Papa oder eine andere Person kann diese Bezugsperson sein. Außer Nähe benötigen Babys Nahrung und ab und zu eine frische Windel. Babys und Kleinkinder sind hilflos. Ohne eine fürsorgliche Bezugsperson könnten sie nicht existieren. Ein Baby kann nicht ohne die Nähe eines liebevollen Elternteils aufwachsen. So kann es selbstverständlich auch nicht schlafen, wenn es zu wenig Geborgenheit erfährt.

Deswegen ist es enorm wichtig, dass der Liebestank eines Kindes gefüllt ist, wenn es Zeit ist, ins Bett zu gehen. Gerade ältere Kinder zeigen uns dies sehr deutlich. Ungefähr um den 18. Lebensmonat herum beginnen Kinder einzufordern, dass sie abends noch Zeit mit ihren Eltern verbringen wollen. Sei es eine Gute-Nacht-Geschichte oder ein gemeinsames Spiel. Für manche Familien zählt eine Kissenschlacht, ein abendlicher Spaziergang oder das gemeinsame Abendessen zu den abendlichen Ritualen. Andere gehen gemeinsam mit dem Baby baden oder kuscheln sich zusammen in eine warme Decke.

Welches Ritual auch immer Sie für Ihre Familie finden, es wird Ihrem Baby oder Kleinkind dabei helfen, sich vertrauensvoll in den Schlaf zu begeben. Jedes Kind ist anders und für jede Familie bieten sich andere Abendroutinen an. Die abendlichen Aktivitäten sollten in der letzten Stunde vor dem Schlafengehen nur nicht zu wild sein, damit das Kind die Chance hat, runter zu fahren. Auch mit Babys kann man bereits Rituale einführen und diese mit der Zeit verlängern oder erweitern.

Legen Sie auch Ihr Baby schon zu einer gewissen Uhrzeit in sein Bett zum Schlafen. Lassen Sie es abends gar nicht erst auf dem Arm oder im Wohnzimmer schlafen. So legt die gesamte Familie von Anfang an den Grundstein für routinierte Schlafenszeiten.

Wo schläft das Baby am besten?

Nach der Geburt schläft das Neugeborene am besten im Schlafzimmer der Eltern. Es war neun Monate nicht von der Mama getrennt und möchte nun auch nicht alleine sein. Das Nächtigen im Schlafzimmer hat mehrere Vorteile für die Eltern und das Baby. Zum einen müssen Sie nicht aufstehen, wenn Ihr Baby nachts aufwacht. Auch das Stillen wird vereinfacht. Die meisten Eltern haben das Baby nach der Geburt sowieso am liebsten in der direkten Umgebung, um seinen Schlaf zu Beginn noch zu überwachen. Babys, die im Schlafzimmer der Eltern schlafen, haben ein geringeres Risiko, am plötzlichen Kindstod zu sterben und schlafen meist tiefer und ruhiger.

Im Elternschlafzimmer gibt es mehrere Möglichkeiten, das Baby hinzulegen. Direkt nach der Geburt eignet sich ein Beistellbett sehr gut. Dieses wird direkt an das elterliche Bett angebaut. So müssen Sie das Baby beim Stillen nur rüber ziehen oder sich etwas umdrehen. Wird das Baby für das Beistellbett zu groß, kann es mit im Ehebett, auch Familienbett genannt, schlafen oder man baut das normale Gitterbett zu einem Balkon um und schiebt es ebenfalls an das elterliche Bett heran. Dafür nehmen Sie einfach eine der Gitterbettseiten ab und schieben die Betten aneinander. Am besten fädeln Sie noch ein Seil oder Gurt um die beiden Holzseiten, die sich nun berühren. So kann nichts wegrutschen. Alternativ können Sie natürlich auch einfach das Gitterbett mit ins Schlafzimmer stellen.

Theoretisch geht das auch von Geburt an, jedoch wirken Neugeborene darin sehr verloren. Babynester verkleinern das große Bett etwas und schenken Geborgenheit. Dabei sollte aber darauf geachtet werden, dass genügend Luftzirkulation herrscht. Viele Ärzte raten von Babynestern lieber ab, da die Gefahr besteht, dass das Baby darunter gerät und zu wenig Luft bekommt. Mit Babynestern sollten Sie also vorsichtig sein. Auch eine Babywiege ist praktisch. Sie sind häufig mit Rollen ausgestattet und können so in der Wohnung umhergefahren werden. Das ermöglicht auch einen bequemen Tagschlaf.

Versuchen Sie, spätestens ab dem dritten Lebensmonat einen festen Schlafplatz für das Baby einzuführen. Nach der Geburt lassen sich die meisten Babys überall zum Schlafen ablegen. Jedoch sollten sie lernen, dass es einen bestimmten Ort zum Schlafen gibt.

Natürlich können Sie dem Baby auch von Anfang an ein Kinderzimmer einrichten und es dort schlafen lassen. Die Erfahrungen haben aber gezeigt, dass es die Mütter nach der Geburt sehr stresst, wenn sie nachts zum Stillen oder Füttern jedes Mal in ein anderes Zimmer gehen müssen. Die Mutter wird viel mehr aus dem Schlaf gerissen, als wenn sie sich nur umdreht und das Baby direkt bei sich hat. Forschungen haben sogar ergeben, dass sich der Schlaf von Mutter und Baby aufeinander abstimmt, wenn sie in einem Bett schlafen. Somit wird die Mutter nicht mehr aus der Tiefschlaf-Phase gerissen, wenn das Baby Hunger hat.

Vor- und Nachteile vom Familienbett

Für viele Eltern ist es undenkbar, dass das Baby oder Kleinkind mit im Ehebett schläft. Meine Erfahrungen damit sind fantastisch und ich würde es keinesfalls anders machen. Von der Geburt an hatte ich meine Kinder mit in meinem Bett. Die Größere schläft noch bei uns, während die Kleinere bereits freiwillig ausgezogen ist. Die Bedenken von Eltern, dass das Kind dann für immer im Elternbett schlafen möchte, sind meiner Meinung nach völlig unbegründet. Oder haben Sie schon mal von einem Vierzehnjährigen im Elternbett gehört?!

Ich möchte die Vorteile eines Familienbettes etwas näher beschreiben, weil ich glaube, dass es vielen Familien den Schlaf erleichtern könnte. Dennoch muss jede Familie selbst entscheiden, was das Richtige für sie ist. Wenn Sie sich ein Familienbett nicht vorstellen können, dann ist es auch nicht die richtige Lösung für Sie.

Für uns war es jedoch genau die richtige Entscheidung. Die ersten Wochen hatten unsere Kinder beide ein Beistellbett. Die Gefahr, dass wir uns auf ein Neugeborenes legen, war uns zu groß. Mit wenigen Monaten sind sie in unser Bett gezogen. Das erleichterte mir das Stillen um ein Vielfaches. Je älter meine erstgeborene Tochter wurde, umso weniger bekam ich es mit, dass sie sich nachts an meiner Milch bediente. Für mich ermöglichte diese Variante einen tieferen und längeren Schlaf. Auch wenn eine der beiden schlecht träumte, konnte ich sie innerhalb von wenigen Minuten beruhigen. War ein Kind krank, schlief es tiefer und ruhiger, weil es in meinem Arm liegen konnte.

Bei meiner jüngeren Tochter zeigte sich irgendwann, dass ihr das Familienbett zu eng war. Also zog sie ins Kinderzimmer. Dort schläft sie gut, aber nicht durch. Für sie war es zwar die richtige Entscheidung, jedoch wäre es für mich nach wie vor einfacher, wenn sie noch bei mir schlafen würde. Die Große schläft weiterhin bei mir. Wann sie „auszieht“ weiß ich noch nicht.

Neben den genannten Vorteilen, stärkt das gemeinsame Schlafen in einem Bett auch die Bindung zum Kind. Es hat sich häufig gezeigt, dass es Kindern, die bei ihren Eltern schlafen, leichter fällt, sich tagsüber von ihnen zu entfernen. Sie spielen öfter allein und lassen sich leichter in neuen Umgebungen eingewöhnen.

Jedoch bietet ein Familienbett auch Nachteile. Nach der Geburt sind Babys noch sehr zierlich. Die Gefahr, dass man sich im Schlaf auf das Baby legt ist zwar gering, aber vorhanden. Außerdem bieten die meisten Ehebetten keinen ausreichenden Rausfallschutz. Diesen mussten wir uns erst an das Bett ran basteln.

Ab zwei bis drei Jahren schlafen Kinder häufig sehr unruhig. Sie wälzen sich hin und her, reden im Schlaf und liegen oft quer im Bett. Davon fühlen sich viele Eltern gestört. Außerdem kann es die Ehe belasten, wenn sich Eltern nicht einig darüber sind, wann das Kind ins eigene Zimmer wechseln sollte. Zärtlichkeiten und Sex kommen im Schlafzimmer zu kurz. Sie müssen woanders hin verlegt werden. Spontanität wird schwieriger, kuscheln ohne Kind dazwischen auch.

Es besteht natürlich immer die Gefahr, dass das Kind durch die Eltern geweckt wird. Sie kommen später ins Bett, gehen nachts auf die Toilette oder schnarchen. All das kann die nächtliche Ruhe des Kindes stören. Es gilt also, eine gemeinsame Entscheidung zu treffen, ob das Familienbett infrage kommt oder nicht.

Die richtige Schlafumgebung schaffen

Noch wichtiger als die Frage, wo das Baby schläft, ist die Entscheidung wie. Um einen plötzlichen Kindstod zu vermeiden, sollten Eltern einige Dinge beachten und vermeiden:

Rauchverbot: In dem Raum, in dem das Baby schläft, darf unter keinen Umständen geraucht werden. Das kann bei Babys zu einem Atemstillstand führen und ist gefährlich.

Schlafsack: Das Baby sollte nicht mit einer Decke zugedeckt werden, sondern in einem Schlafsack schlafen. Für Neugeborene sollte dieser höchstens 70 Zentimeter lang sein, besser ist es, wenn er die Größe 56 hat. Der Schlafsack sollte von der Länge her immer so gewählt sein, dass das Baby etwas Strampelfreiheit hat. Achten Sie aber darauf, dass das Kind nicht in den Schlafsack hinein rutschen kann. Am besten hat er Ärmel oder liegt durch Knöpfe oder einen Reißverschluss eng am Körper an. Das Material des Schlafsacks sollte atmungsaktiv sein. Das Baby darf darin nicht schwitzen. Es gibt dünne und dicke Schlafsäcke für den Sommer und den Winter. Unter dem Schlafsack trägt das Baby im Sommer einen Body und im Winter zusätzlich einen Strampler oder Schlafanzug. Um herauszufinden, ob das Baby zu dick oder zu dünn angezogen ist, können Sie mit der Hand die Temperatur in seinem Nacken fühlen. Ist es dort feucht und warm, dann ist das Baby zu warm angezogen. Ist der Nacken sehr kalt, lieber noch eine Lage mehr anziehen. So schläft das Kind immer wohltemperiert.

Raumtemperatur: Die optimale Schlaftemperatur liegt zwischen 16 und 18 °C. Dazu sollte das Zimmer gut durchlüftet werden. Bei Minustemperaturen am besten vor dem Schlafen einmal für fünf Minuten durchlüften. Im Sommer kann das Fenster ruhig aufbleiben. Ist es sehr heiß im Zimmer, hängen Sie feuchte Handtücher ins Zimmer. Diese erfrischen die Luft und verhindern, dass die Schleimhäute zu trocken werden.

Sicherheit im Bett: Im Bett des Babys dürfen sich keine Schnüre, Bänder, Kuscheltiere, Kissen oder ähnliches befinden. Alles bietet eine mögliche Erstickungs- oder Erdrosslungsgefahr und sollte vermieden werden.

Matratze: Die Matratze des Babys ist am besten nicht zu weich. Es gibt Babymatratzen, die sowohl eine Baby-, als auch eine Kleinkindseite besitzen. Diese Matratzen besitzen zusätzlich einen trittfesten Rand und sind optimal auf die körperlichen Bedürfnisse von Babys und Kleinkindern abgestimmt.

Mobile/Spieluhr: Es spricht nichts gegen ein Mobile oder eine Spieluhr. Am besten befestigen Sie diese am Rand des Gitterbettes. Achten Sie darauf, zu lange Bänder zu kürzen und dass die Knoten festsitzen. Bei der Auswahl einer Spieluhr achten Sie auf die Lautstärke der Melodie. Leider sind manche Spieluhren sehr laut und erschrecken Babys eher, als dass sie sie beruhigen.

Rückenlage: Die optimale Schlafposition ist die Rückenlage. Manche Babys drehen sich auch auf die Seite. Das sollten Sie mit Ihrem Kinderarzt besprechen. Ob die Seitenlage in Ordnung ist oder nicht, sehen Experten sehr unterschiedlich. Die Bauchlage sollte jedoch unbedingt vermieden werden. Babys drehen den Kopf nicht von der Matratze weg, so bekommen sie zu wenig Luft und können ersticken.

Bettlaken und Co: Matratzenauflagen sind praktisch. Sie schützen die Matratze vor Flecken, Urin, Spucke und ähnlichem. Jedoch lassen sie wenig Luftzirkulation zu. Deswegen ist es besser, die Matratze nur mit einem Bettlaken zu beziehen und dieses wöchentlich zu waschen. Die meisten Babymatratzen besitzen einen waschbaren Bezug und können leicht gereinigt werden. Ein toller Mami-Trick ist es, die Matratze mit zwei Bettlaken zu beziehen. Zu beachten ist, dass zwischen die einzelnen Laken ein Auslaufschutz oder ein dickes Handtuch gelegt wird. So muss man nachts nicht nach einem Bettlaken suchen, wenn mal etwas daneben geht. Man zieht das schmutzige Laken einfach runter und ein frisches Laken kommt zum Vorschein. Am nächsten Morgen einfach wieder ein frisches Laken aufziehen.

Schnuller, Daumen, Brust: Babys haben ein großes Saugbedürfnis. Dazu gehört das Saugen an der Brust oder alternativ das

Nuckeln an einem Schnuller oder dem eigenen Daumen. An für sich sind alle Möglichkeiten denkbar. Jedoch sind Schnuller und auch der Daumen schädlich für den Kiefer und die Zähne. Auch auf das Dauernuckeln an Trinkflaschen sollte man aus diesem Grund verzichten. Am besten ist es, wenn das Baby lernt, sich auch ohne Hilfsmittel zu beruhigen. Spätestens zum dritten Geburtstag sollte ein Schnuller abgewöhnt werden. Das Saugen an sich hat für Babys etwas sehr Beruhigendes. Sie schlafen besser, wenn dieses Bedürfnis gestillt wird.

Die richtigen Lichtverhältnisse: Im Schlaf- oder Kinderzimmer sollte kurz vor oder während des Schlafens kein Fernseher laufen. Helles, vor allem bläuliches Licht hindert Kinder daran, müde zu werden. Dieses Licht geht vor allem von Bildschirmen aus. Deswegen sollten Kinder auch vor dem Schlafengehen nicht am PC, Handy oder Tablet spielen. Besser ist gedämpftes, gelbliches Licht. Das Licht von Lichtprojektoren, Lichterketten oder Nachtlichtern wirkt sehr beruhigend und macht Kinder müde. Folgen sie mit ihrem Blick dann noch den Sternen eines Lichtprojektors, sind sie sicherlich bald im Land der Träume angekommen. Gedämpftes Licht eignet sich auch super, um mit dem Kind noch ein Abendritual durchzuführen. Ein Buch anschauen oder eine kleine Massage, ein Fingerspiel oder ein schönes Lied. All das lässt sich wunderbar auch mit wenig Licht durchführen und bereitet das Kind in Ruhe auf die Schlafenszeit vor. Ist das Ritual erstmal gefestigt, wird sich das Kind bald nicht mehr beschweren, wenn es schlafen soll. Für stillende Mamas gibt es tolle Stilllampen. Diese leuchten hell genug, um sich beim Stillen zurechtzufinden, machen das Baby aber nicht zu munter.

Wie hängt das Stillen und der Schlaf zusammen?

Stillen ist etwas ganz natürliches und gehört schon immer zur Geburt eines Babys mit dazu. Natürlich gibt es Frauen, die nicht stillen können oder wollen. Heute gibt es Flaschennahrung, die der Muttermilch ähnlich ist und dem Baby nicht schadet. Jedoch bleibt die Muttermilch für den Säugling einzigartig und optimal. Die nationale Stillkommission empfiehlt, das Baby mindestens sechs Monate voll zu stillen. Anschließend kann man mit der Beikost anfangen. Stillen sollte man laut Stillkommission aber ruhig noch mindestens das gesamte erste Lebensjahr.

Eine stillende Mutter schüttet Bindungshormone aus und das hilft ihr bei der Rückbildung nach der Geburt. Ihr Baby bekommt durch die Muttermilch nicht nur die Nahrung, die es braucht, sondern auch alle wichtigen Nährstoffe, die sein Immunsystem schützen. Das nächtliche Stillen hält die Milchproduktion aufrecht. Stillt eine Frau nachts zu wenig, stellt der Körper die Milchproduktion immer mehr ein. An der Brust schlafen die meisten Babys sehr schnell ein. Das macht das Füttern in der Nacht sehr einfach, besonders, wenn das Baby im Beistell- oder Familienbett liegt. Stillende Mütter haben oft nach kurzer Zeit denselben Schlafrhythmus wie die Kleinen. Somit profitieren beide Seiten vom Stillen.

Jedoch sollte auch erwähnt werden, dass Studien (1,4) ergeben haben, dass Babys, die gestillt werden, im ersten Lebensjahr häufiger aufwachen, als nicht gestillte Babys. Sie lassen sich jedoch auch sehr viel schneller beruhigen und haben oft eine bessere Beziehung zur Mutter. Gar nicht oder nur kurze Zeit gestillte Kinder schlafen zwar im ersten Lebensjahr schneller durch, wachen jedoch im zweiten Lebensjahr öfter auf und haben oft ausgeprägte Schreiphasen in der Nacht.

SCHLAFPROBLEMEN VON BABYS UND KLEINKINDERN VORBEUGEN

Ein Schlafproblem bei Babys und Kleinkindern zu erkennen ist gar nicht so einfach. Wer kann schon bestimmen, was normal und was unnormal ist, wenn es um die Entwicklung von kleinen Kindern geht? Um eine Abweichung vom „Normalen" zu erkennen, bleibt einem nur der Vergleich zu anderen Kindern.

Denken wir einmal an uns Erwachsene, wäre es sehr schwierig zu sagen, welches Schlafverhalten normal ist. Manche Erwachsene gehen früh ins Bett, um morgens vor dem Hahn aufzustehen. Andere sind Nachteulen und gehen keinen Abend vor zwei Uhr nachts ins Bett. Für viele ist ein kleiner Mittagsschlaf eine willkommene Erholung, während andere lieber einen dritten Kaffee trinken, um wieder munter zu werden. Bei kleinen Kindern ist es ebenso schwierig, sich auf eine Norm zu einigen. Nicht ohne Grund weicht die Spanne des ausreichenden Schlafes für ein Neugeborenes zwei Stunden auseinander.

Dennoch gibt es Warnsignale, die auf ein Schlafproblem hindeuten. Ein Schlafproblem herrscht immer dann, wenn es nicht nur für die Eltern schwierig ist mit dem Schlafverhalten des Kindes zurechtzukommen, sondern wenn auch das Kind selber darunter leidet. Hört ein Kind auf, sich weiterzuentwickeln, isst es plötzlich nicht mehr oder wirkt irgendwie krank, sind dies in Verbindung mit schlechtem Schlaf deutliche Zeichen Warnzeichen. In jedem Fall hilft Ihnen gerne der Kinderarzt weiter, wenn Sie die Vermutung haben, dass Ihr Baby oder Kleinkind ein Schlafproblem haben könnte.

Oft werden Schlafprobleme oder -störungen von anderen Krankheiten begleitet. Viele autistische Kinder haben mit Schlafproblemen zu kämpfen. Ebenso fällt es Kindern, die in der Schwangerschaft mit Drogen oder Alkohol in Kontakt gekommen sind sehr schwer, in den Schlaf zu finden. Ist die Beziehung zwischen einem Baby und seiner Mutter zum Beispiel durch Wochenbettdepressionen gestört, kann dies auch ein Auslöser für Schlafprobleme beim Baby sein. Es ist also wichtig, dass man der Ursache von Schlafproblemen mithilfe eines Kinderarztes auf den Grund geht. Nur so kann dem Kind in einem dieser akuten Fälle rechtzeitig geholfen werden.

Tatsächlich lassen sich Schlafprobleme aber vorbeugen, wenn keiner dieser akuten Fälle aus dem letzten Abschnitt vorliegt. Dazu gehört eine gute Bindung zur Mutter. Diese ist die Grundvoraussetzung. Des Weiteren brauchen Babys, je älter sie werden, einen geregelten Tagesablauf, auf den sie sich verlassen können.

Wenn es Ihr Tag nicht zulässt, dass er immer ungefähr gleich abläuft, dann lassen Sie wenigstens die letzte Stunde vor dem Schlafen sehr geregelt ablaufen. Ein Beispiel dafür könnte sein: Um 18 Uhr zusammen essen, um 18:20 Uhr waschen und bettfertig machen, um 18:30 Uhr bei gedämmten Licht ein ruhiges Spiel machen, danach eine Geschichte lesen, dabei zusammen kuscheln. Werden Sie dabei immer ruhiger, sprechen Sie mit gedämpfter Stimme, um die Ruhezeit anzukündigen.

Abschließend legen Sie Ihr Kind in das Bett, geben ihm einen Kuss und beenden damit das Ritual. Ob Sie bei Ihrem Kind bleiben bis es schläft oder nun rausgehen, bestimmen Sie selbst. Machen Sie es so, wie es für Ihre Familie am besten ist.

Wie erlernt das Baby einen Schlafrhythmus?

Der Schlaf- und Wachrhythmus von Babys muss sich erst noch entwickeln. Da sie nach der Geburt sehr viel Energie benötigen, eine Milch aber nur wenige Stunden diesen Bedarf abdeckt, wachen sie mehrmals die Nacht auf, um diesen Bedarf zu stillen. Hinzu kommt, dass die einzelnen Schlafphasen nur 50 Minuten andauern und sie deshalb öfter kurz aufwachen als Erwachsene.

Mit der Zeit verlängern sich diese Phasen auf ungefähr 1 ½ Stunden.

Um einen guten Schlafrhythmus zu entwickeln, benötigt ein Baby also zunächst einmal Zeit. Es muss die ersten drei Monate nachts regelmäßig aufwachen, um zu essen. Danach kann man dem Baby langsam dabei helfen, einen guten Rhythmus zu finden. Dabei hilft dem Baby, wenn es auch tagsüber zum Schlafen ins Bett gebracht wird. Dies sollte, wie bereits gesagt, kein Spielort sein. Den Nachtschlaf läutet man mit Ritualen ein. Tagsüber lässt man diese Rituale weg. So kann das Baby irgendwann einschätzen, dass es nach den Ritualen länger schläft. Gemeint sind Rituale wie ein Bilderbuch schauen oder noch ausgiebig zu kuscheln. Natürlich können Sie tagsüber trotzdem die Spieluhr anschalten, wenn das Kind schlafen soll.

Wird das Kind älter, kann man den Mittagsschlaf etwas abkürzen. Das Kind sollte ab dem zweiten Lebensjahr zwischen den einzelnen Schläfen fünf Stunden wach sein. Ein bis zwei Stunden Mittagsschlaf sind vollkommen ausreichend. Es ist nicht nötig, dass das Kleinkind drei oder vier Stunden Mittagsschlaf hält. Dies stört nur die Nachtruhe. Am Nachmittag sollte sich das Kind viel bewegen, am besten an der frischen Luft. Damit ist das Kind abends müde genug, um sich nicht gegen den Schlaf zu wehren.

Einschlafroutinen einführen

Für die meisten Eltern stellt sich heraus, dass das Einschlafen am besten klappt, wenn es immer zur gleichen Zeit geschieht. Deswegen sind geregelte Tagesabläufe auch so wichtig. Das heißt nicht, dass jeder Tag wie der andere laufen muss. Ein Besuch bei der Oma oder ein Ausflug ins Schwimmbad sind kein Problem. Jedoch sollte man solche Ausflüge um die Schlafenszeit drum herum planen. Schläft ein Baby also um 9 Uhr und um 13 Uhr, dann schiebt man die Ausflüge und Aktivitäten am besten auf den späten Vor- oder den Nachmittag. Das klingt für frische Eltern zwar manchmal sehr kompliziert, macht das Leben mit Kindern aber sehr viel leichter.

Babys und Kinder, die mit einem geregelten Tagesablauf leben, sind meist viel entspannter. Sie wissen, was als nächstes auf sie zukommt. Außerdem bereitet man die Kinder so nebenbei auf den Kindergarten und die Schule vor. Hier geht alles exakt nach Uhrzeit. Alles verläuft nach einem Plan. Warum nicht auch einen Plan für zu Hause aufstellen? Vielleicht hilft es Ihnen, wenn Sie die Schlafenszeiten Ihres Babys notieren. Dadurch sehen sie auch, wann das Baby schlechter schläft oder sich seine Schlafgewohnheiten verändern.

Meine erste Tochter legte ich dann hin, wenn ich empfand, dass sie müde war. Das klappte nur mäßig gut. Bei der Zweiten wusste ich es besser. Seit der Geburt schläft sie ungefähr nach Uhrzeit und es klappt für alle Familienmitglieder sehr gut. Erstaunlicherweise hat sich der Nachtschlaf unserer großen Tochter nun an die Bettgehzeiten der Kleinen angepasst. Manchmal bestimmen Kinder selbst den richtigen Weg. Deswegen müssen wir als Eltern immer aufmerksam bleiben und ständig neu abwägen, was der richtige Weg für uns und unsere Kinder ist.Welche Einschlafrituale gibt es?

Einschlafrituale, besonders abends, sind etwas Schönes und können die gesamte Familie bereichern. Nicht nur für die Kinder sind diese Rituale etwas sehr angenehmes, mit der Zeit werden sie auch für viele Eltern zu einem festen und geliebten Bestandteil des Abends. Selbst mit einem Baby können Eltern bereits Einschlafrituale in der Praxis ausprobieren. Die Bandbreite ist riesig und garantiert ist für jede Familie genau das Richtige dabei.

- Stillen: *Eins der naheliegenden Einschlafrituale ist das Stillen des Babys in den Schlaf. Natürlich hat das Vor- und Nachteile. Zunächst einmal ist es aber nicht nur praktisch und zuverlässig. Es stärkt auch die Bindung zwischen Mutter und Kind. Bei Fläschchen-Kindern kann das Ritual ebenfalls funktionieren und sogar vom Papa ausgeführt werden. Ein weiterer Vorteil ist, dass das Baby beim Stillen bereits abgelegt werden kann, zum Beispiel im Beistellbett oder Gitterbett-Balkon. Nach dem Einschlafen können Sie mithilfe Ihres kleinen Fingers das Vakuum zwischen Mund und Brust lösen und das Baby schlafend zurücklassen. Der Nachteil ist jedoch, dass sich das Baby schnell an dieses Ritual gewöhnt und dies die nächsten Jahre als Einschlafhilfe einfordern könnte. Manche Kinder lassen zwar irgendwann auch einen Schnuller und ein anderes Ritual zu, doch viele in den Schlaf gestillte Kinder, möchten dieses liebgewonnene Ritual nicht aufgeben. Hat die Mama nichts dagegen, ist es durchaus denkbar, dieses Ritual zu verwenden.*

- Baden: *Die meisten Babys und Kleinkinder gehen gerne baden. Der schöne Nebeneffekt ist, dass sie davon müde werden. Das führt zwar dazu, dass sie nach dem Baden oft weinen, jedoch ist das nur dem Zustand der Müdigkeit zuzuschreiben und etwas über das sich Eltern ruhig freuen können. Denn müde Kinder schlafen besser ein. Das Bad kann ruhig ausgiebig genossen werden. Ein Bad mit Schaum oder nur Planschen im Wasser? Alleine in der Babywanne oder mit Mama in die Große? Spielen oder einfach nur Entspannen? Dieses Ritual hat bei uns Einzug erhalten und ist gar nicht mehr wegzudenken*

- Massage: *Nach dem Baden können die Kleinen noch eingecremt werden. Viele Babys genießen das ganz besonders. Eine Massage macht ebenfalls schön müde. Dabei können Sie einfach langsam mit leichtem Druck jedes Körperteil von den Armen, über den Bauch, die Beine und die Füße massieren. Oder Sie besuchen einen Massagekurs für Babys und holen sich dort ein bisschen Inspiration für eine schöne Babymassage.*

• Kuscheln: *Alle Babys liegen gerne bei Mama und Papa auf dem Bauch. Ob ohne Shirt, Bauch an Bauch, um die Bindung zu fördern oder schon im Schlafanzug unter einer weichen Decke. Kuscheln tut allen gut.*

• Vorlesen: *Unter der warmen Decke gekuschelt können Sie auch Ihrem Baby schon kurze Gute-Nacht-Geschichten erzählen oder Vorlesen. Auch dieses Ritual wollen wir bei uns nicht missen. Mit sanfter Stimme bei Babys und wenn sie älter werden auch mal mit verschiedenen Tonlagen und Stimmen. Die meisten Kleinkinder lieben dieses Ritual. Die schönsten Bilderbücher zum Einschlafen finden Sie weiter unten im Text aufgelistet.*

• Vorsingen: *Babys lieben es Mamas oder Papas Stimme zu hören. Dafür muss man kein großer Sänger sein. Babys und Kleinkindern ist es völlig egal, ob man den Ton trifft oder vielleicht den Text vergessen hat. Hauptsache jemand singt. Sie kennen kein Gute-Nacht-Lied? Auch das ist den Kleinen völlig egal. Singen Sie Ihren Lieblingssong aus dem Radio oder irgendein Kinderlied, welches Ihnen einfällt. Kaufen Sie sich doch eine Kinderlieder-CD. Ein paar Mal angehört, kann man die Texte schnell auswendig.*

• Fingerspiele und Reime: *Wer gar nicht singen möchte, kann auch auf Fingerspiele zurückgreifen. Diese sind für Babys und Kleinkinder lustig und entspannend zugleich. Besonders witzig finden Babys und Kleinkinder Geschichten, die in Reim-Form geschrieben sind. Nach kurzer Zeit können Kleinkinder diese Reime mitsprechen. Nebenbei fördern Sie so auch die Sprachentwicklung Ihres Babys.*

Die schönsten Gute-Nacht-Geschichten für Babys und Kleinkinder:

- *„Nur noch kurz die Ohren kraulen", Jörg Mühle*
- *„Der liebste Papa der Welt", Eleni Zabini, Susanne Lütje*
- *„Die liebste Mama der Welt", Eleni Zabini, Susanne Lütje*
- *„Wenn kleine Tiere schlafen gehen", Marina Rachner, Anne-Christin zur Brügge*
- *„Ich bin gar nicht müde", Constanze von Kitzing*
- *„Gute Nacht Gorilla", Peggy Rathmann*
- *„Wenn Kuscheltiere schlafen gehen", Andreas Nemet, Hans-Christian Schmidt*
- *„Schläfst du schon, Lieselotte?", Alexander Steffensmeier*

Eltern- oder kindgesteuerte Einschlafhilfen?

Der Unterschied zwischen Einschlafritualen und Einschlafhilfen ist, dass die Rituale vor dem Einschlafen stattfinden, während Einschlafhilfen beim Einschlafen noch vorhanden sind. Das Stillen aus der vorangegangenen Liste zählt zu solchen Einschlafhilfen. Auch ein Schnuller, das Streicheln oder im Armhalten des Kindes, bis es schläft und ein Fläschchen gehören mit dazu.

Das Problem an solchen Einschlafhilfen ist, dass das Baby oder Kleinkind nach ihnen sucht, wenn es nachts aufwacht. Leider sind die gesuchten Hilfen dann nicht immer greifbar. Die Brust ist weg, das Fläschchen leer und der Schnuller irgendwo im Bett verschwunden. Damit können solche Einschlafhilfen zu Schwierigkeiten führen, die durch eine Gute-Nacht-Geschichte oder andere Rituale nicht entstehen. Kein Kind wacht nachts auf und fragt, warum es sich nicht mehr in der Badewanne befindet. Der Unterschied entsteht dadurch, dass das Kind während der

Rituale noch wach ist und anschließend ohne Hilfe in den Schlaf findet.

Meine ältere Tochter wurde von mir in den Schlaf gestillt. Heute noch fordert sie ein, dass ich bei ihr bleibe, bis sie schläft. Glücklicherweise dauert das Einschlafen bei ihr keine fünf Minuten und mich stört es nicht, bei ihr zu bleiben. Doch für viele Eltern kann dies zum Problem werden. Vor allem, wenn die Kleinen schreien, bis sie ihre gewünschte Einschlafhilfe bekommen. Nachts ein Fläschchen kochen oder das Kleinkind in den Schlaf tragen ist aber zunehmend anstrengend und bringt vor allem die Eltern um ihren wohlverdienten Schlaf. Während die meisten Kinder am nächsten Morgen trotzdem putzmunter sind, wirkt sich das auf uns Erwachsene oft mit schlechter Laune, Müdigkeit, Gereiztheit oder sogar Krankheit aus. Deswegen sollten Sie sich vorher darüber genau im Klaren sein, welche Einschlafhilfen sie anwenden möchten und welche nicht. Was man dem Baby oder Kleinkind nicht beibringt, muss man auch nicht abgewöhnen.

Die bessere Wahl sind immer Rituale, die vor dem eigentlichen Einschlafen stattfinden und dafür lieber mal etwas mehr Zeit in Anspruch nehmen. Mit unserem gemeinsamen Abendessen, dem Baden der Kinder, dem Bettfertig machen, Buch vorlesen, Singen und einem Gute-Nacht-Gebet vergeht gut eine Stunde. Wir fühlen uns sehr wohl damit. Welche Zeitspanne und Rituale Sie bevorzugen entscheiden Sie selbst. Jede Familie muss durch Ausprobieren herausfinden, welcher Weg der Richtige für sie ist.

PROBLEME BEIM EINSCHLAFEN

Oft kommt es beim Schlaf von Babys und Kleinkindern zu Schwierigkeiten. Dabei unterscheidet man zwischen Einschlaf- und Durchschlafproblemen. Beide Arten können bei Eltern zu schweren Belastungen führen. Oft ist es sogar so, dass das Baby oder Kleinkind gar nicht groß darunter leidet.

Während Eltern sehr schnell an ihre Grenzen geraten, scheint es für Kinder oft keine Nachwirkungen durch den Schlafmangel zu geben. Aber auch wenn es das Kind nicht belastet, sollte etwas gegen diese Schlafprobleme unternommen werden. Unausgeruhte und damit auch unausgeglichene Eltern bringen keinem Kind etwas. Babys und Kleinkinder sind darauf angewiesen, dass wir Eltern bei vollen Kräften sind. Dennoch bringen sie uns durch Einschlafprobleme schnell an die Grenze dieser Kräfte.

Mögliche Gründe und Ursachen

Wie kommt es eigentlich zu Einschlafproblemen? Was ist passiert, damit es überhaupt dazu kommt? Sind wir Eltern selber schuld an diesem Dilemma oder liegt es doch am Kind selbst?

- Zu viel Schlaf: ***Oft ist die Ursache ganz naheliegend und schnell gefunden. Viele Kleinkinder schlafen tagsüber zu viel oder zu lange und werden dann abends zu früh wieder hingelegt. Es liegt auf der Hand, dass sie nun nicht müde genug sind um einfach einzuschlafen. Die meisten Eltern kennen diese Situation. Am späten Nachmittag steht noch ein Termin an. Das Kind ist schon recht müde und dem baldigen Abendschlaf sollte nichts im Wege stehen. Müsste man nicht noch kurz mit dem Auto fahren? Selbst wenn es nur fünf Minuten sind, schläft das Kind mit Sicherheit ein. Verrückterweise reichen diese fünf Minuten Schlaf dazu, dass das Kind danach stundenlang wieder putzmunter ist. Vorausschauend Planen*** *ist also angesagt. Solche Termine sollten nach Möglichkeit anders geplant werden, um Autofahren am späten Nachmittag zu vermeiden.*

- Angst: *Auch Angst kann ein Auslöser für plötzliche Einschlaf-Schwierigkeiten sein. Zwischen dem achten und neunten Lebensmonat beginnen Babys mit dem Fremdeln. Sie haben Angst, dass ihre Eltern weggehen und nicht wieder kommen. Sie fürchten sich vor unbekannten Personen, aber auch vor Menschen, die sie häufiger sehen. Dies ist oft der Zeitpunkt, wo nicht mal mehr der Papa das Kleine ins Bett bringen darf. Die Fremdel-Phase ist häufig eine sehr anstrengende Zeit. Sie gehört aber zum größer werden dazu. Abends kann es helfen, dem Baby immer wieder zu erklären, dass man da ist. Ein Nachtlicht und ein Kuscheltier oder Schmusetuch können in dieser Phase sehr hilfreich sein. Verbringen Sie vor dem Schlafengehen eine intensive Kuschel-Zeit mit dem Baby und erklären sie ihm dann, dass es nun Schlafen geht. Bedenken Sie, dass das Baby nach dem Ende der Fremdelphase alle Einschlaf-Hilfen weiter einfordern wird, die Sie ihm jetzt geben.*

- Monster und Mücken: *Nicht nur die Fremdelphase macht den Kleinen Angst. Ob es nun ein Monster ist, welches sich im Schrank versteckt hat oder ein surrendes Insekt, welches nervt und vom Schlafen abhält. Manchmal braucht es ein paar Tricks, damit sich Kleinkinder wieder wohlfühlen. Für manche Eltern ist ein Anti-Monster-Spray die Lösung. Es ist schnell aus einer Sprühflasche gebastelt und wird einfach mit Wasser befüllt. Damit ist das Monster bald Geschichte. Noch besser ist es, dem Kind zu erklären, dass es keine Monster gibt und somit auch kein Grund zum Fürchten. Auch hier kann ein Nachtlicht Abhilfe verschaffen. Anti-Mücken Sprays sind für Babys und Kleinkinder noch nicht geeignet. Am besten bringen Sie am Fenster ein Fliegengitter an. Verirrt sich dennoch mal eine Mücke ins Zimmer, gibt es Mückenfallen für die Steckdose. Somit sind auch Monster und Mücken bald Geschichte. Nehmen Sie diese nächtlichen Ängste auf jeden Fall ernst. Kinder können sonst schlimme Albträume davon bekommen und eine richtige Schlafstörung entwickeln, die sie auch nachts aus dem Schlaf holt.*

- Zu wenig Ruhe: *Schwierig wird es bei Kleinkindern mit dem Einschlafen oft auch, wenn zu wenig Ruhe herrscht. Das muss nicht immer mit Lautstärke zu tun haben. Ebenso schwierig ist es für Babys und Kleinkinder zur Ruhe zu kommen, wenn die Eltern unter Strom stehen. Gab es Stress auf der Arbeit, konnte eine Rechnung nicht bezahlt werden oder gab es einen Streit?! Kinder spüren ganz genau, wenn es den Eltern nicht gut geht oder sie etwas beschäftigt. Deswegen ist es so wichtig, dass es abends noch gemeinsame Rituale gibt, die die ganze Familie zusammen in eine ruhige Phase versetzt. Versuchen Sie den Alltag für einen Moment zu vergessen. Schläft das Kind erst mal, können Sie sich viel entspannter an mögliche Probleme oder Aufgaben begeben, als wenn das Kind zusätzlich noch mit Schlafproblemen dabei stört. Es lohnt sich also, selber runterzufahren.*

- Das beschäftigt mich: *Wird ein Kleinkind älter, ist es oft auch mit seinen eigenen Problemen und Schwierigkeiten beschäftigt. Diese können ihm schon mal den Schlaf rauben. Wurde es im Kindergarten geärgert? Hat es ein Spielzeug verloren, dass es sehr mag? Oder ist es heute gestürzt und ihm tut etwas weh? Genau wie Sorgen kann auch Vorfreude ein Einschlaf-Killer sein. Geht es bald in den Urlaub oder steht ein Geburtstag an? Manchmal ist der Tag so stressig, dass wir nicht dazu kommen, alle Sorgen und Freuden unserer Kinder mitzubekommen. Abends sollte Zeit dafür gefunden werden. Lassen Sie Ihre Kleinkinder vom Tag erzählen. Gutes wie Schlechtes. Erzählen Sie ruhig auch von Ihrem Tag: „Heute hat mich mein Chef geärgert, das finde ich blöd. Ich habe heute mit Oma telefoniert. Sie kommt uns bald wieder besuchen." Teilen Sie Ihrem Kind ruhig mit, was sie fühlen. Natürlich in kindgerechter Sprache. So lernt es, dass seine Gefühle ganz normal sind und ausgesprochen werden dürfen. Wenn alles von der Seele geredet ist, kann man direkt viel leichter einschlafen.*

- Schlafen als Strafe: *Verwenden Sie das Schlafen nie als Strafe. So können Sie dem Kind das Schlafen richtig madig machen. Versuchen Sie vielmehr, das Schlafen als etwas Gutes darzustellen. Wird das Kind älter, suchen Sie mit ihm gemeinsam ein größeres Bett aus. Wie stellt sich das Kind den Schlafplatz vor? Meistens wissen Kinder sehr genau, wie sie schlafen möchten. Spielbetten eignen sich allerdings nicht so gut. Sie assoziieren dem Kind, dass hier gespielt wird. Besser eignen sich Betten, die mit Lichtern oder Betthimmeln ausgestattet werden können.*

- Reizüberflutung: *Gerade Babys sind mit den vielen Eindrücken eines Tages schnell überfordert. Dies nennt man Reizüberflutung. Überall gibt es Neues zu entdecken, neue Gerüche, Geschmäcker, Geräusche. Damit Babys davon nicht überfordert sind, sollte man die Eindrücke etwas einschränken. Ein Termin pro Tag reicht. Ein Spielzeug auf dem Spielteppich ebenfalls. Lieber ab und zu das Spielzeug austauschen, als viele Sachen auf einmal.*

- Das Kind ist nicht ausgelastet: *Natürlich muss sich ein Kind tagsüber auch bewegen und auspowern, um abends so richtig müde zu sein. Sitzt das Kind den ganzen Tag vor dem Fernseher oder im Auto, ist es nicht genug ausgelastet. Kleinkinder müssen sich viel bewegen. Sie müssen toben, laufen, springen und die Welt entdecken. Oft schlafen Kinder abends viel besser ein, wenn sie in den Kindergarten gehen und dort ein paar Stunden mit anderen Kindern spielen. Schläft ihr Kind abends nicht gut ein, versuchen Sie es mal mit ein paar Turnübungen oder einem Spaziergang am späten Nachmittag. Auch ein Besuch beim Spielplatz oder bei anderen Kindern powert die Kleinen so richtig schön aus.*

Kleinkinder brauchen Routine

Wie bereits mehrfach betont, ist es also unheimlich wichtig, Babys und Kleinkindern einen routinierten Tagesablauf vorzugeben. Rituale im Tagesablauf sind keineswegs langweilig oder unflexibel. Sie lassen sich ständig verändern, anpassen und erweitern. Das Schöne ist, dass sie exakt auf das Familienleben abgestimmt werden können. Sie geben den Kindern Struktur und Halt. Etwas Verlässliches ist gut für Kinder. So wissen sie, was auf sie zukommt. Wer jeden Abend nach dem Abendessen noch ein Buch mit seiner Mama liest, lernt schnell, dass anschließend die Schlafenszeit kommt. So erleben Kinder keine böse Überraschung mehr.

Wie oft ging es mir als Kind so. Durch wenig Routinen und viel Spontanität, wurde ich oft im Spiel unterbrochen, wenn es hieß: „Oh schon so spät, jetzt aber schnell ins Bett." Besser ist es, wenn alles ungefähr nach Plan läuft. Nicht nur für die Kinder macht es das Leben leichter, sondern auch für Mama und Papa. Und wenn es mal anders läuft, als geplant? Auch nicht schlimm. Wer sonst immer genau weiß, dass auf Papas und Mamas Aussagen Verlass ist, kann auch mal eine halbe Stunde später ins Bett gehen, weil die Feier bei Oma länger gedauert hat.

Studien (21) zufolge fördern Rituale und Routinen im Alltag sogar die Konzentration von Kindern. Dadurch lernen Kinder leichter, die mit einem routinierten Tagesablauf aufwachsen. Viele Kinder reagieren auf einen spontanen Alltag mit Schlafproblemen. Kein Wunder, wenn sie nie genau wissen, wann es Zeit wird, ins Bett zu gehen. Sind sie mitten im Spiel, ist es ganz normal, dass sie sich weigern, nun schlafen zu gehen. Waren sie gestern bis neun Uhr auf und sollen heute um halb acht ins Bett?

Natürlich ist das verwirrend. Einschlafprobleme können also durchaus ihre Ursache in einem unroutinierten Tagesablauf haben.

Veränderungen sanft einführen

Sollten Sie in Ihrer Familie noch keine Rituale haben, können Sie diese jederzeit noch einführen. Beginnen Sie dabei langsam. Starten Sie nur mit einem Ritual. Am besten mit einer festen Zeit für das Schlafengehen. Ist Ihr Kind immer sehr spät ins Bett gegangen, steigern Sie die Zeit nur langsam in die andere Richtung. Jeden Tag eine halbe Stunde früher, bis Sie bei der gewünschten Zeit angekommen sind. Gehen Sie dabei ganz nach Ihrem Gefühl vor. Der Mutterinstinkt ist etwas Tolles, was wir ausnutzen sollten. Eigentlich wissen wir bereits, was das Beste für unsere Familie ist. So finden Sie auch die richtige Schlafenszeit und die richtigen Rituale. Haben Sie das erste Ritual gefestigt, nehmen Sie ein weiteres hinzu. Eine gemeinsame Mahlzeit vor dem Zubettgehen oder eine Geschichte vor dem Einschlafen. Je jünger das Kind ist, desto kürzer sollten die Rituale sein. Also nur eine kurze Geschichte und ein Lied oder ein Bad und die Spieluhr. Wird es älter, können Sie ein oder zwei Rituale dazu nehmen, wenn Sie wollen.

Routine im Alltag finden

- Aufstehen: *Durch ein paar einfache Tricks lässt sich der Alltag oft viel leichter managen, auch mit Baby oder Kleinkind. Am besten ist es, wenn man den Tag bereits routiniert beginnt. Dafür sollte man (trotz Elternzeit) jeden Morgen um die gleiche Zeit aufstehen. So startet man immer gleich in den Tag und das Baby lernt einen Tag- und Nachtrhythmus kennen. Natürlich sind auch hier Ausnahmen erlaubt. War die Nacht wirklich schrecklich, weil das Baby erkältet ist oder eine Feier am Vorabend stattgefunden hat? Auch hier gilt, dass Babys und Kleinkinder, die sonst einen routinierten Tag erleben, kleine Ausnahmen gut meistern können. Babys gewöhnen sich übrigens sehr schnell an feste Zeiten. Ab dem sechsten Lebensmonat verstehen und merken sie sich diese und werden bald von selbst um die geplante Uhrzeit wach. Für die meisten Familien sind die Kinder ohnehin die Wecker am Morgen. So geht es auch bei uns zu. Ausschlafen kann man mit unseren Mädchen komplett vergessen. Dafür sind sie abends schön früh im Bett, was auch große Vorteile hat.*

- Essen: *Gemeinsame Mahlzeiten sind wichtig für Kinder. Dabei lernen sie Tischmanieren kennen, sehen wie man Messer und Gabel hält, aus einem Glas trinkt und vieles mehr. Gemeinsame Mahlzeiten fördern den Familienzusammenhalt. Außerdem kann man sich prima über den Tag der Kinder unterhalten. Finden die Mahlzeiten immer zur gleichen Zeit statt, hat das Kind auch bald gelernt, wann es die Mama in Ruhe lassen muss, damit sie kochen kann.*

- Termine: *Mit Babys und Kleinkindern nimmt man wichtige Termine am besten frühmorgens war. Sowohl Arztbesuche als auch Spielgruppen lassen sich im ausgeschlafenen Zustand einfach besser schaffen. Außerdem ist es, wie bereits erwähnt, besser, wenn die Kleinen nachmittags nicht mehr im Auto sitzen. Die Gefahr, dass sie einschlafen und die Nacht dann zum Tag machen, ist einfach zu groß.*

- Schlafen: *Sobald das Baby oder Kleinkind nur noch einen Mittagsschlaf macht, sollte auch dieser möglichst zur gleichen Zeit stattfinden. Auch das verleiht dem Tag wieder Routine, an die sich das Kind festhalten kann.*

- Frische Luft: *Der Nachmittag eignet sich prima für einen Spaziergang oder ein Spielen an der frischen Luft. Das powert die Kleinen aus und sie kommen zu ihrer Portion frischen Luft. Das ist gesund und macht müde.*

- Haushalt und Einkaufen: *Machen Sie sich keinen Stress mit dem Haushalt. Nehmen Sie Hilfe an. Ein Baby zu haben ist anstrengend. Keiner kann verlangen, dass Sie alles alleine machen. Lassen Sie sich ab und zu ablösen, entweder bei der Kinderbetreuung oder beim Sauber machen und Einkaufen. Wenn Sie keinen haben der Sie ablöst, machen Sie nur das Allernötigste. Solange die Toilette und die Küche sauber sind, wird schon nichts schlimmes passieren.*

Wenn das Baby mittags nicht einschlafen kann

Schläft das Baby mittags nicht ein oder weigert sich das Kleinkind, einen Mittagsschlaf zu machen, ist das eine blöde Situation für Eltern. Immerhin brauchen Babys und Kleinkinder mindestens eine Ruhephase am Tag. Dennoch sind Sie als Eltern mit diesem Problem nicht alleine. Viele Eltern berichten darüber, dass ihre Babys Probleme mit dem Einschlafen am Tag haben. Mögliche Ursache dafür kann ein zu helles Zimmer sein, falls keine Rollläden vorhanden sind. Doch hierfür gibt es eine einfache Lösung. Kaufen Sie ein paar schöne Vorhänge, vielleicht hat sich das Problem damit schon gelöst.

Schwieriger wird es, wenn das Nicht-Einschlafen andere Ursachen hat. Eventuell ist das Baby überdreht und reizüberflutet. Für manche Babys wirkt sowas einschläfernd. Für die meisten ist es jedoch ein reinstes Aufputschmittel. Die Kleinen sind unruhig, weinerlich und übermüdet, finden aber trotzdem nicht in den Schlaf. Da hilft es nur, den Tagesablauf besser zu strukturieren und weniger Termine festzulegen. Nach kurzer Zeit kann sich das Baby so an den neuen, langsameren Tagesablauf gewöhnen und somit auch in den Schlaf finden.

Irgendwann ist der Zeitpunkt gekommen, wo Kleinkinder beginnen, sich gegen den Mittagsschlaf zu wehren. Manchmal kommt dieser Zeitpunkt höchst ungelegen. Hat man doch gerade angefangen, die festen Zeiten des Kinderschlafes zu genießen. Jedoch, so verlockend es auch ist, sollten wir nicht alles, was im Alltag liegenbleibt, in die Zeit des Mittagsschlafes schieben. Die Wäsche falten, die Rechnungen bezahlen, die Küche aufräumen und Oma anrufen?!

Natürlich lassen sich diese Schritte ohne Kleinkind am Bein viel leichter bewältigen. Viel besser ist es jedoch, sich auch mal Zeit für sich selbst zu nehmen. Genießen Sie die Ruhe, entspannen sie sich und tanken Sie Kraft für Ihr kleines Energiebündel. Auch mit dieser Variante ist es zwar schade, wenn die Zeit des Mittagsschlafes zu Ende geht, jedoch ist es leichter zu ertragen, da man den Haushalt von vorne rein mit dem Kind gestaltet hat und einem diese Zeit nun nicht gestohlen wird.

Was aber tun, wenn das Kleinkind nicht mehr schlafen möchte und den Schlaf noch so dringend benötigt? Wenn Sie eine gewohnte Mittagsschlaf-Zeit für Ihr Kind haben, können Sie diese weiter beibehalten. Sagen Sie Ihrem Kind, dass es nicht schlafen muss, dass nun aber Ausruh-Zeit ist. Verdunkeln Sie das Zimmer etwas, machen Sie leise Musik an (keine Kinder-Tanzmusik), lesen Sie zusammen ein Bilderbuch mit etwas mehr Text, geben Sie Ihrem Kind eine Milch oder einen Tee zu trinken usw. Sie wissen am besten, was Ihr Kind zur Ruhe bringt.

Nutzen Sie diese Tricks aus und bringen Sie es dazu, herunterzufahren und abzuschalten. Verbieten Sie das Rumhüpfen oder -albern ruhig. Erklären Sie Ihrem Kind aber auch warum: „Jetzt ist Mittagspause. Da toben wir nicht. Wir ruhen uns etwas aus, damit wir nachher wieder genug Kraft haben, um zu spielen." Wenn Sie Glück haben und Ihr Kind wirklich müde ist, schläft es beim Ausruhen vielleicht doch ein. Wenn nicht, ruht es sich wenigstens aus.

Die perfekte Zeit für einen Mittagsschlaf ist direkt nach dem Mittagessen. Das Essen macht die Kleinen müde, weil der Körper die vorhandene Energie zum Verdauen verwendet. Schläft das Kleinkind zu lange, kann man es ruhig wecken. Das aber bitte ganz sanft und langsam. Sonst ist schnell der ganze Nachmittag im Eimer. Allgemein gilt, dass ein Kleinkind ein bis zwei Stunden Mittagsschlaf machen sollte. Da jedes Kind aber ganz individuell ist, kann dies von Kind zu Kind sehr unterschiedlich sein. Wer sein Kind gut beobachtet, sieht schnell, ob es noch einen Mittagsschlaf benötigt oder nicht.

In der Übergangsphase zwischen einem benötigten Mittagsschlaf und keinem mehr, ist es ganz normal, dass das Kleinkind weinerlich ist. Die Phase ist meistens schwierig, dauert aber nicht lange an. Sie findet zwischen dem dritten und vierten Lebensjahr statt. Bei wenigen Kindern auch früher oder später. Das Kind schläft in dieser Phase entweder schlecht ein, braucht den Schlaf aber noch oder es schläft ein und wacht erst nach Stunden wieder auf. Daraufhin schläft es abends sehr spät ein und lässt sich morgens dementsprechend ungern wecken. Haben Sie etwas Geduld und probieren Sie aus, ob es besser ist, Ihr Kind mittags dann zu wecken. Nach einiger Zeit haben Sie auch hier eine Lösung gefunden und Ihr Kind wird Ihnen deutlich zeigen, wann es ohne Mittagsschlaf auskommt.

Kind kann abends nicht einschlafen

Schläft das Kleinkind mittags zu lange, kommt es häufig dazu, dass es abends nicht einschlafen kann. Einen Vorwurf kann man dem Kind dann tatsächlich nicht machen. Es ist einfach nicht müde. Zwischen einem Mittagsschlaf und dem Nachtschlaf sollten mindestens fünf Stunden liegen. Findet am Nachmittag noch ein Turn-Kurs oder ähnliches statt, können auch mal vier Stunden dazwischen reichen.

Viele weitere Möglichkeiten die Einschlafschwierigkeiten verursachen, haben wir bereits thematisiert. Es gilt also, diese Ursachen zunächst zu vermeiden oder aus der Welt zu schaffen. Ist der Tag noch einmal Revue passiert, das Kind nun wirklich müde und satt, muss das Einschlafen geübt werden. Bleiben Sie bei Ihrem Kind und sprechen Sie Ihm beruhigend zu. Schimpfen Sie nicht, das macht Ihr Kind nur traurig und lässt es noch schlechter einschlafen. Mit Sicherheit will Ihnen Ihr Kind nichts Böses, wenn es nicht einschlafen kann. Stellen Sie ein Nachtlicht auf und singen Sie ein Lied. Genießen Sie die letzte halbe Stunde mit ein paar Ritualen zusammen.

Möchte Ihr Kind nicht alleine sein? Dann bleiben Sie ruhig im Zimmer. Manche Kleinkinder können nur mit dem Wissen einschlafen, dass Mama oder Papa in der Nähe sind. Vielleicht reicht es ja bald, wenn Sie die Tür ein Stück auflassen und Ihr Kind Sie so hört. Springt Ihr Kind durch das Zimmer, sobald Sie rausgehen, dann vereinbaren Sie, was es als Einschlafhilfe nutzen darf. Vielleicht hilft eine CD oder ein Buch im Bett. Aber machen Sie Ihrem Kind klar, dass es nicht durch die Gegend springen kann. Wer am nächsten Tag wieder spannende Abenteuer erleben möchte, der muss sich auch ausruhen.

Verbinden Sie die Pflicht des Schlafens und im Bettliegenbleibens mit etwas Schönem. Machen Sie Freude auf den nächsten Tag, binden Sie alles in eine Geschichte ein. So klappt es ganz bestimmt. Suchen Sie die Geschichte passend zu den Vorlieben Ihres Kindes aus. Spielt es lieber Prinzessin oder Pirat, Polizist oder Pferdchen? Mit etwas Fantasie lässt sich in allen Vorlieben ein guter Grund finden, warum man im Schlaf Kraft tanken sollte.

Mama ist heute nicht da

Richtig schwierig wird es für viele Kinder, wenn die Hauptbezugsperson zur Schlafenszeit nicht da ist. Dennoch sollte man nicht darauf verzichten, abends mal wegzugehen. Jeder hat mal einen Termin oder braucht etwas Erholung. Gewöhnen Sie Ihr Kleinkind langsam an einen Babysitter. Bevor Sie gehen, stellen Sie sicher, dass sich Ihr Kind im Prinzip mit dem Babysitter gut versteht. Für den Anfang ist am besten, der Papa oder die Oma passen auf das Baby oder Kleinkind auf. Muten Sie Ihrem Kind nicht zu früh einen Babysitter zu.

Ab dem Kindergartenalter sind Kinder reif genug für einen anderen Babysitter. Doch auch bei Papa oder Oma kann es zu Schreierei kommen. Die meisten Kinder lassen sich am liebsten nur von Mama (oder eben nur vom Papa) ins Bett bringen. Kinder sind Gewohnheitstiere. Üben Sie es also von Anfang an, dass nicht nur Mama, sondern auch Papa, das Kind hinlegen darf. Somit wird das Leben um einiges leichter. Schließlich steht jedem aus der Familie mal ein bisschen Erholung zu.

Wir haben diesen Schritt bei unserer ersten Tochter verpasst. Bei der Zweiten wussten wir es besser. Von Anfang an wechselten wir uns beim Hinlegen ab. Heute ist es ihr egal, wer gerade Zeit und Lust hat, sie ins Bett zu bringen. Machen Sie sich keine Gedanken darüber, wenn Ihr Partner andere Rituale anwendet. Kinder können sehr gut unterscheiden, welches Bettritual zu welcher Person gehört und werden damit zufrieden sein, solange es von Anfang an auch mal der Papa war und nicht nur die Mama. Falls Sie nun das Problem haben, dass Ihr Kind bereits älter ist und sie es noch nicht an „Papa bringt dich ins Bett" gewöhnt haben, dann führen sie dies sanft ein. Sagen Sie Ihrem Kind eine Stunde vor dem Schlafengehen, dass Sie einen Termin haben und Papa es heute ins Bett bringt. Verbringen Sie dann noch etwas Zeit mit dem Kind. Machen Sie ein Spiel zusammen oder lesen Sie ein Buch. Verabschieden Sie sich dann.

Den meisten Mamas fällt es tatsächlich leichter, auch wirklich aus dem Haus zu gehen, wenn Sie die „Papa Zeit" einüben. Oft weint das Kind zunächst und möchte die Mama somit wieder einfordern. Das ist leichter zu ertragen, wenn Sie es als Mama nicht hören. Der Papa wird wissen, wann es für das Kind nicht mehr ohne die Mama geht und Sie (an-)rufen.

PROBLEME BEIM DURCHSCHLAFEN

Das zweite große Problem beim Schlafen ist das Durchschlafen von Babys und Kleinkindern. Vielen Eltern geht dieses Problem an die Substanz. Wenn ein Kind nicht einschlafen möchte, ist das ärgerlich und man verliert Zeit für sich oder mit seinem Partner. Schläft das Kind jedoch nicht durch, wacht mehrmals die Nacht schreiend auf und verlangt sogar nach einer Milch oder möchte herumgetragen werden, dann ist das sehr anstrengend. Eltern kommen selbst um ihren Schlaf.

Während es für Kinder oft gar keine negativen Auswirkungen auf ihr Leben hat, leiden Eltern schnell darunter und können sogar krank werden. Da hilft das Wissen darum auch wenig, dass man mit diesem Problem als Eltern nicht alleine ist. Muss man doch am nächsten Tag wieder arbeiten oder vieles erledigen und hat keine Zeit, diesen Schlaf einfach nachzuholen.

Es stellt sich die Frage, ab wann das Baby oder Kleinkind überhaupt eine Störung des Durchschlafens hat. Immerhin schlafen Neugeborene ohnehin nur zwei bis drei Stunden am Stück. Um herauszufinden, ab wann das Schlafverhalten des Kindes auffällig ist, lohnt es sich ein Schlaftagebuch zu führen.

Das Schlaftagebuch

Ein Schlaftagebuch kann aufschlussreich sein, wenn man sich fragt, ob das häufige Aufwachen des Kindes noch normal ist. Notiert man sich über ein oder zwei Wochen hinweg die Schlafenszeiten des Kindes, sowohl nachts als auch tagsüber, merkt man vielleicht, dass das Aufwachen mehr oder weniger wird. Um besser nachvollziehen zu können, welche Ursache der schlechte Schlaf haben könnte, notiert man nicht nur die Schlafenszeiten, sondern auch die Aufwachzeiten, was man in der Situation getan hat, um das Kind zu beruhigen, welche Aktivitäten vor dem Schlafen unternommen wurden, ob das Kind krank ist usw.

Gemeinsam mit dem Schlaftagebuch und dem Kinderarzt lässt sich schnell und zuverlässig herausfinden, ob das Schlafverhalten auffällig ist und was dagegen unternommen werden kann.

Beispiel: https://www.kindergesundheit-info.de/fileadmin/user_upload/kindergesundheit-info.de/Download/Schlafen/Schlafprotokoll-BZgA_kindergesundheit-info_01.pdf

In dem zuvor erwähnten Schlaftagebuch sollten folgende Informationen notiert werden:

- *Datum*
- *morgendliche Aufwachzeit*
- *ich musste mein Kind wecken*
- *mein Kind ist von alleine aufgewacht*
- *Zeiten Tag-Schlaf 1*
- *mein Kind ist glücklich aufgewacht*
- *mein Kind ist schreiend aufgewacht*
- *Zeiten Tag-Schlaf 2*
- *mein Kind ist glücklich aufgewacht*
- *mein Kind ist schreiend aufgewacht*
- *Zeiten Tag-Schlaf 3*
- *mein Kind ist glücklich aufgewacht*
- *mein Kind ist schreiend aufgewacht*
- *mein Kind war heute allgemein glücklich*
- *mein Kind war heute schlecht drauf*
- *besondere Aktivitäten heute*
- *Bettrituale*
- *Bett-Zeit abends*
- *Einschlaf-Zeit*

- *Zeiten des nächtlichen Aufwachens*
- *Dauer der Wachphase*
- *Art der Beruhigung*

Mögliche Gründe und Ursachen

Häufiges Aufwachen in der Nacht kann sehr viele Gründe und Ursachen haben. Babys haben meist Hunger und schlafen nach einer Milch rasch wieder ein. Aber auch Blähungen oder Zahnschmerzen sind häufige Auslöser vom nächtlichen Aufwachen bei Babys im ersten Lebensjahr. Der nächste Entwicklungssprung verursacht häufig nächtliche Schreiattacken. Das Baby muss das Erlebte verarbeiten und bereitet sich nachts darauf vor, etwas Neues zu erlernen.

Veränderungen im Alltag können Babys und Kleinkinder aus der Bahn werfen. Haben sich die Eltern vorm Schlafengehen laut gestritten, macht das den Kleinen Angst und kann schon mal Albträume verursachen. Ebenso ist ein Umzug oder der Urlaub für Kinder sehr aufregend und wird gerne mit häufigem Aufwachen reflektiert. Wachstum findet im Schlaf statt und tut manchmal ganz schön weh. Kinder zwischen einem und dem vierten Lebensjahr leiden häufig unter diesen Schmerzen. Dennoch sind das alles ganz normale Gründe, die ausgestanden werden müssen. Ist keine dieser Ursachen bei Ihrem Kind naheliegend, sollten Sie auf jeden Fall einen Kinderarzt aufsuchen, denn Schlafstörungen können auch gravierende Ursachen haben.

So klappt es (wieder) mit dem Durchschlafen

Ist das Kind einfach nur daran gewöhnt nachts aufzuwachen, weil es zum Beispiel als Baby immer sofort hochgenommen wurde, muss es das Durchschlafen wieder erlernen. Dazu gibt es ein paar einfache Tipps:

- Feste Zeiten: *Wie bereits mehrfach erwähnt, ist es ungemein wichtig, dass kleine Kinder feste Bettgehzeiten haben. Sowohl mittags, als auch abends. Das hilft ihnen, sich auf das Schlafen einzustellen. Nach kurzer Zeit stellt sich der Organismus des Körpers auf diese Zeiten ein und wird automatisch müde. Profitieren Sie davon.*
- Mittagsschlaf: *Komischerweise hilft ein kurzer Mittagsschlaf dem Kleinkind dabei, nachts besser durchzuschlafen. Kinder die übermüdet sind, wachen nachts meist häufiger auf.*

- Sicherheit: *Ein Kleinkind muss sich sicher und geborgen fühlen, damit es ruhig durchschlafen kann. In der Nacht wacht das Kind mehrmals auf. Unter normalen Umständen schläft es sofort wieder ein und wir bekommen es gar nicht mit. Manchen Kindern hilft ein Kuscheltier oder ein Schmusetuch dabei, sicher wieder einzuschlafen. Suchen Sie mit Ihrem Kind ruhig zusammen so ein Sicherheitsobjekt aus, wenn es noch keins hat. Für meine ältere Tochter ist es jeden Abend ein anderes Kuscheltier, welches ihr Sicherheit gibt. Sie sucht es sich vor dem Schlafen immer genau aus. Für die Jüngste muss es immer das gleiche Schmusetuch sein. Doch beide, so verschieden sie auch sind, genießen ihr Sicherheitsobjekt sehr und suchen es sich mehrmals die Nacht im Bett wieder.*

- Rituale: *Auch die besprochenen Rituale helfen dem Kleinkind, in die Nachtruhe zu finden und nicht nach einer Stunde wieder aufzustehen. Welche Rituale Sie für Ihre Familie wählen, bleibt Ihnen überlassen.*

- Wach ins Bett: *Am besten legen Sie ihr Kind immer wach ins Bett. Denn so wie es einschläft, möchte es auch aufwachen. Schläft es also auf Ihrem Arm ein und wacht nachts alleine in seinem Bettchen auf, ist es verständlich, dass es schreit. Ebenso verhält es sich damit, wenn Sie Ihr Kind im Ehebett einschlafen lassen und dann in sein Bettchen tragen oder auch vom Auto ins Haus. Bereits ein Baby sollte besser lernen, alleine einzuschlafen. Das erleichtert den Alltag später ungemein. Auch im Familienbett kann das Kleinkind alleine einschlafen (lernen). Sichern Sie das Familienbett aber unbedingt mit einem Rausfallschutz oder legen Sie eine Matratze davor.*

- Nicht hochnehmen: *Wenn das Baby nachts weint, nehmen Sie es nicht sofort auf den Arm. Oft reicht es, wenn man ihm beruhigend zuspricht, ihm den Kopf streichelt oder etwas vorsingt. Viele Kinder weinen im Schlaf und sind überhaupt nicht wach. Sie erschrecken sich dann viel mehr, wenn man sie hochnimmt, als wenn man das Schreien einfach ignoriert und nur anwesend ist.*

Alltägliche Problemsituationen

Ich glaube, alle Eltern haben schon mal erlebt, dass kleine Kinder und Babys nicht durchschlafen. Eltern, die immer damit angeben, wie gut das eigene Kind doch schläft, haben meist gerade ganz andere Probleme und versuchen dies damit zu vertuschen.

Eine Bekannte von mir ärgerte mich damit (ich glaube ohne böse Absicht) seit der Geburt Ihres Sohnes und der Geburt meiner Tochter. Die beiden sind exakt gleich alt. Von Geburt an schlief der kleine Mann durch. Meine Tochter dagegen dachte fast zwei Jahre nicht daran mal durchzuschlafen. Während sich bei meiner Tochter der Schlaf aber immer mehr verbesserte und ich nach und nach aufatmen konnte, fing der Sohn meiner Bekannten mit 18 Monaten plötzlich damit an, mehrmals die Nacht aufzuwachen. Ich muss zugeben, dass ich etwas schadenfroh war.

Eltern sollten es unbedingt vermeiden, ihre Kinder miteinander zu vergleichen. Natürlich ist man gerade beim ersten Kind unheimlich stolz auf alle Fortschritte. Das Problem ist nur, dass man bei der ganzen Angeberei um die Kunststücke des eigenen Kindes oft vergisst, auch die Schwierigkeiten zu erwähnen. So hörte der Sohn meiner Bekannten kein Stück auf das, was sie sagte. Er lief auf die Straße und hörte nicht auf ein „Stopp", schmiss sein Essen durch die Gegend und zog meiner Tochter bei jeder Gelegenheit an den Haaren. Dagegen wirkte meine Tochter (in der Öffentlichkeit) lammfromm. Dass sie zu Hause in ihrer Trotzphase auch mal einen Ausraster hatte, konnte ich perfekt verheimlichen. Schließlich fragte mich keiner der anderen Eltern, wieso meine Tochter so lieb sei.
Und so geht es schließlich allen Eltern. Jeden wird mal eine schlechte Schlafphase des eigenen Kindes überrollen. Den einen früher und den anderen später. Vielleicht auch erst sehr viel später, wenn das Kind in der Pubertät morgens partout nicht aus dem Bett kommt. Wir würden uns das Leben auf jeden Fall leichter machen, wenn wir unsere Kinder nicht miteinander vergleichen würden. Zumindest nicht lautstark, sondern nur in den Gedanken.

Das Kind wacht beim Mittagsschlaf mehrfach auf

Wenn Ihr Kind beim Mittagsschlaf mehrmals aufwacht, kann das ganz schön nervig sein. Immerhin möchte man die Zeit ausnutzen, um etwas zu erledigen oder sich selbst auszuruhen. Ich kann mich an eine Phase erinnern, in der ich selber sehr müde war und mich mittags mit den Kindern hinlegte. Doch meine Tochter schien das zu wittern. Kaum hatte ich mich ca. 15 Minuten nach den Kindern hingelegt, wachte sie auf und weinte. Reagierte ich nicht, steigerte sie sich furchtbar in das Weinen hinein und es wurde zu einem hysterischen Schreien.

Ich überlegte lange, was ich nun tun könnte und was die Ursache war. Nach einigem Forschen fand ich heraus, dass es ihr einfach zu leise war und sie deswegen aufwachte. Ich hatte die Mittagszeit sonst immer zum Aufräumen und sauber machen genutzt. Dies lief natürlich nicht geräuschlos ab. Stellte ich nun eine Waschmaschine an und legte mich dann hin, schlief sie, wie durch ein Wunder, weiter. Manchmal sind die Ursachen vom schlechten Schlaf naheliegend und einfach zu beheben.

Oft haben wir den Grundstein für diese Probleme selbst gelegt. Durch Überfürsorge, zu schnelles Hochnehmen, zu leises Rumschleichen durch das Haus und vieles mehr. Aber nirgendwo steht, dass wir als Eltern keine Fehler machen dürfen. Lernen wir lieber daraus und versuchen wir sie zu beheben.

Das mehrmalige Aufwachen beim Mittagsschlaf kann natürlich auch andere Ursachen haben. Vielleicht war es ein lautes Geräusch von draußen, das Kind hat einen Wachstumsschub oder einfach schlecht geträumt. All diese Ursachen sind nicht weiter schlimm. Gehen Sie zu Ihrem Kind und versuchen Sie es sanft zu beruhigen. Sagen Sie ihm, dass es ruhig weiterschlafen kann, dass es noch nicht die Zeit ist, um aufzustehen. Machen Sie aber nicht den Fehler, das Kind direkt hochzunehmen. So wecken Sie Ihr Kind erst recht auf und es kommt nicht wieder in den Schlaf.

Wenn es möglich ist, vermeiden Sie auch „Wiedereinschlafrituale“, die von Ihnen gesteuert werden (müssen). Dazu zählt das „Wieder in den Schlaf stillen“, ein Fläschchen oder das Rumtragen. Besser ist es, das Kind nur mit sanfter Stimme und einem kurzen Streicheln zu beruhigen. Auch tagsüber kann ein Nachtlicht oder leise Musik gut helfen.

Lassen Sie Ihr Kind vor dem Mittagsschlaf auf die Toilette gehen, falls es schon trocken ist. So vermeiden Sie, dass es vom Harndrang aufwacht. Das gleiche gilt natürlich auch für abends. Bei Wickelkindern wechseln Sie vor dem Schlafen noch die Windel. So stört die volle Windel den Schlaf nicht und nachts kann sie auch nicht überlaufen, weil sie schon vor dem Schlafen gefüllt war. Läuft die Windel nämlich über, ist das feuchte Gefühl im Rücken ebenfalls ein Grund für viele Babys, den Schlaf erstmal zu beenden und nach den Eltern zu rufen.

Allgemein müssen Sie sich keine Sorgen machen, wenn Ihr Kind mittags nur einen kurzen Schlaf hält. Besser kurz ausruhen, als gar nicht. Zeigt Ihr Kind Ihnen deutlich, dass es gar nicht mehr schlafen möchte, probieren Sie es ruhig aus. Sie werden sehr schnell merken, ob es ihm guttut, keinen Mittagsschlaf zu machen oder ob es diesen noch braucht.

Das Kind wacht nachts schreiend auf

Es kann mehrere Gründe haben, warum ein Kind nachts schreiend aufwacht. Vergewissern Sie sich vorab immer, ob das Kind beim Schreien wirklich wach ist. Viele Kleinkinder und sogar manche Babys weinen oder schreien kurz im Schlaf, um danach einfach friedlich weiterzuschlafen. Ist das Kind aber wirklich wach und schreit, benötigt es Ihre Hilfe. Reagieren Sie dann unbedingt auf das Schreien Ihres Kindes. Lassen Sie es nicht in dieser Situation allein. Reagieren Sie im Baby und Kleinkindalter immer zeitnah, lernt das Kind Ihnen zu vertrauen. Sie legen einen wichtigen Grundstein für später. Denn wer den Eltern vertraut, kann auch besser und alleine schlafen.

Vielleicht kann Ihnen Ihr Kind bereits mitteilen, warum es weint. Meistens können sie das jedoch nicht. Selbst wenn Kinder bereits gut sprechen können, sind sie nachts so übermüdet und verwirrt, dass sie das Schreien nicht begründen können. Eine vertraute Person an der Seite reicht bei den meisten Schreiattacken aber aus, um sich wieder zu beruhigen.

Wenn das Kind nachts häufiger schreit, kann ein Kuscheltier oder Schmusetuch dabei helfen, dass es sich nicht so alleine fühlt. Am besten eignet sich ein kleines Kuscheltier, 15–20 cm groß, sodass Ihr Kind das Tier gut festhalten kann. Ein Freund, der auf einen aufpasst, kann über kleine Schreiattacken manchmal sehr gut hinweg helfen, auch ohne, dass Mama oder Papa kommen müssen.

Bei einer starken Schreiattacke ihres kleinen Schatzes reicht es oft nicht aus, nur im Zimmer zu sein und beruhigend auf das Kind einzureden. Nehmen Sie Ihr Kind dann ruhig hoch. Manchmal braucht Ihr Baby Ihre Nähe, um sich wieder ganz beruhigen zu können. Schlechte Träume können so ein Auslöser sein. Kommen diese Albträume häufiger vor, versuchen Sie Ihnen auf den Grund zu gehen. Hat Ihr Kind Angst vor einer bestimmten Sache wie einem Buch oder einem komischen Schatten im Zimmer, kann man diese Dinge entfernen. Stellen Sie ein Nachtlicht auf und warten Sie ab, ob dieses die Ängste und Albträume verringert. So kann die Ursache für das nächtliche Schreien rasch entfernt werden.

Für Kinder unter zwei Jahren eignet sich immer noch das Gitterbett als bester Schlafplatz. So können Sie nicht aus dem Bett fallen, wenn sie sich erschrecken oder sich im Schlaf drehen. Besonders Kinder im zweiten Lebensjahr schlafen meist sehr unruhig und drehen sich oft im Bett mehrmals um die eigene

Achse. Da gibt ein Gitterbett nicht nur den Eltern, sondern auch dem Kind selbst mehr Sicherheit. Die Abgrenzungen am Bett zu spüren, lässt viele Kinder besser durchschlafen.

Eine gute Alternative ist das Familienbett. So müssen Sie gar nicht erst aufstehen, um Ihr Kind zu beruhigen. Viele Kinder schlafen viel besser, wenn Sie Ihre Eltern neben oder um sich haben. Dem Atmen der Eltern zu lauschen, kann sie ganz sanft wieder in den Schlaf begleiten, wenn sie nachts aufwachen und sich fürchten.

Aber auch der Nachtschreck kann eine Ursache für nächtliche Schreiattacken sein. Der Nachtschreck wird auch als Nachtterror bezeichnet. Er ist eine Steigerung eines Albtraums und tritt meist zwischen dem zweiten und sechsten Lebensjahr auf. Das Kind schreckt dabei nachts hoch, weint oder schreit und schlägt manchmal sogar um sich. Es atmet sehr schnell oder stöhnt auf. Viele rufen auch Worte wie „nein". Nicht alle Kinder in dem Alter sind davon betroffen. Warum er auftritt, weiß man nicht genau. Man vermutet aber, dass er durch Stress, Medikamente oder Fieber hervorgerufen werden kann.

Um dem Nachtschreck vorzubeugen, sind regelmäßige Schlafzeiten wichtig. Außerdem sollte man natürlich versuchen, alle unnötigen Stresssituationen zu vermeiden. Beim Schlafen in ungewohnter Umgebung empfiehlt es sich, dass das Kind ausnahmsweise bei Mama und Papa mit im Bett schlafen darf oder das Reisebett zumindest in der Nähe steht. Während des Nachtschrecks ist das Kind nicht richtig wach. Es befindet sich in einem Dämmerzustand und lässt sich somit weder leicht erwecken noch trösten.

SCHLAFSTÖRUNGEN

Ab wann spricht man von Schlafstörungen bei Babys?

Aber woran erkennt man nun, dass das nächtliche Aufwachen oder schlechte Einschlafen nicht mehr normal ist? Auch Babys, die häufiger aufwachen als andere, können sich ganz gesund entwickeln. Obwohl es beruhigend ist, dass die Entwicklung des Babys nicht unter dem häufigen Aufwachen leidet, stellt es Eltern trotzdem vor eine Herausforderung. Sie machen sich Sorgen, leiden selbst unter Schlafmangel, gehen nach einiger Zeit auf dem Zahnfleisch. Besonders berufstätige Eltern leiden sehr stark unter dem nächtlichen Aufwachen und vermehrten Schreiattacken. Das Beruhigen in der Nacht ist nicht nur emotional, sondern auch körperlich anstrengend.

Bei Babys unter 12 Monaten spricht ein Arzt jedoch im Allgemeinen nicht über Schlafstörungen. Die Kleinen müssen ihren Schlafrhythmus erst noch kennenlernen. In den ersten Monaten benötigen sie nachts noch Nahrung und immer wieder werden sie von starken Entwicklungssprüngen und Wachstumsschüben geplagt. Somit kann ein Arzt im ersten Lebensjahr keine Schlafstörung diagnostizieren.

Ab dem ersten Geburtstag ist es für Ärzte möglich, eine ernsthafte Schlafstörung zu diagnostizieren. Dafür benötigt er ein ausgefülltes Schlaftagebuch von Ihnen. Eine Schlafstörung liegt für den Arzt nahe, wenn eins oder mehrere der folgenden Probleme auftreten:

- *Das Problem tritt seit mehr als drei Monaten auf.*
- *Das Problem erfolgt an mindestens fünf Tagen pro Woche.*
- *Das Kind ist an diesen Tagen mehr als zwanzig Minuten am Stück wach oder.*

- *Das Kind wacht an diesen Tagen mindestens dreimal pro Nacht auf.*

Schläft das Kind mit den Eltern an seiner Seite sofort wieder ein, gilt das Problem nicht als Schlafstörung. Eine Schlafstörung hat also nicht allein damit zu tun, wie häufig ein Kind aufwacht. Es kommt auf viele weitere Faktoren an: Kommt das Problem regelmäßig vor, wie alt ist das Kind, gibt es andere Symptome, liegen besondere Begebenheiten wie ein Umzug vor usw.

Diagnostiziert der Arzt dann tatsächlich eine Schlafstörung, gibt es mehrere Möglichkeiten, die die Ursache dafür sein könnten. Hier ein paar Beispiele, der häufigsten Ursachen:

- *Schlafapnoe,*
- *Narkolepsie,*
- *Nachtschreck,*
- *Schlafwandeln.*

Ursachen und ihre Behandlung

Schlafapnoe

Wenn ein kleines Kind schnarcht, ist dies immer ein Grund, einen Arzt aufzusuchen. Das Schnarchen von Babys und Kleinkindern, die nicht erkältet sind, sollte behandelt werden und ist keinesfalls normal. Zum Schnarchen kommt es zum Beispiel durch vergrößerte Polypen oder Mandeln. Zusätzlich zum Schnarchen fallen die betroffenen Kinder meist dadurch auf, dass sie auch tagsüber durch den Mund atmen. Auf Dauer kann dies negative Auswirkungen auf das Gesicht haben. Das Wachstum wird verändert und als Folge dessen steigt das Risiko, als Erwachsener an einer Schlafapnoe zu erkranken. Durch die veränderte Sauerstoffzufuhr leiden viele dieser Kinder unter Untergewicht, Kleinwuchs und Konzentrationsstörungen. Sollten Sie also feststellen, dass Ihr Kind schnarcht, suchen Sie vorsichtshalber einen Kinderarzt auf. Dieser kann schnell feststellen, ob die Mandeln oder die Polypen Ihres Kindes vergrößert sind.

Selten können auch Kleinkinder bereits an einer Schlafapnoe erkrankt sein. Häufig sind dies übergewichtige Kinder, seltener auch Kinder mit normalen oder geringen Körpergewicht. Diese Kinder haben in der Nacht Atemaussetzer. Das kann sehr gefährlich sein, besonders für kleine Kinder. Bekannt ist diese Erkrankung auch bei allen Frühcheneltern. Babys, die vor der 34. Schwangerschaftswoche entbunden werden, leiden meistens an Atemaussetzern. Jedoch erlernen diese Kinder das Atmen nach kurzer Zeit noch.

Narkolepsie

Die Erkrankung Narkolepsie wird bei Kindern nur selten diagnostiziert. Das liegt aber nicht daran, dass es so wenig erkrankte Kinder gibt, sondern dass die Symptome bei Kindern sehr denen von anderen Erkrankungen wie Autismus oder Epilepsie ähneln. Erst im Erwachsenenalter sind die Symptome so eindeutig, dass die Diagnose klar gestellt werden kann. Auf Narkolepsie weisen Symptome wie starke Tagesmüdigkeit hin. Die betroffenen Kinder sind schlapp und schlafen in allen möglichen Situationen mitten am Tag kurz ein. Das kann im Bus auf dem Weg zur Schule, im Unterricht oder beim Essen sein.

Nachtschreck

Der Nachtschreck wurde im Text bereits erklärt. Er ist nur eine vorübergehende Schlafstörung und geht meistens von allein wieder weg. Erst ab dem Grundschulalter oder bei extremer Belastung müssen Sie mit diesen Symptomen zum Kinderarzt gehen.

Schlafwandeln

Einige Kinder schlafwandeln unter dem Nachtschreck, bei Fieber oder psychischem Stress. Schlafwandeln kann aber auch an das Kind vererbt werden. Wenn Ihr Kind schlafwandelt, müssen Sie sich im Grunde genommen keine Sorgen machen. Es ist harmlos, solange sich das Kind beim Schlafwandeln nicht verletzen kann. Achten Sie deswegen darauf, dass die Haustür verschlossen ist und die Treppen mit einem Gitter gesichert sind. Sie können versuchen, Ihr Kind beim Schlafwandeln vorsichtig in sein Bett zurückzubringen. Wecken Sie es aber nicht auf und zwingen Sie das Kind auch nicht zurück ins Bett, wenn es sich wehrt.

Kinder sind während des Schlafwandelns nicht ansprechbar und wissen meistens am nächsten Morgen nichts mehr davon. Vermeiden Sie es, darüber zu sprechen, damit Ihr Kind keine Angst bekommt. Kommt das Schlafwandeln regelmäßig vor, sprechen Sie mit dem Kinderarzt darüber, um andere Erkrankungen auszuschließen.

Die meisten Kinder reden oder lachen im Schlaf ab und zu. Das ist absolut harmlos und beeinflusst die Erholung im Schlaf nicht. Ebenso unbedeutend sind rhythmische Bewegungen, die das Kind im Schlaf vorführt. Dies tun viele Kinder, um sich selbst zu beruhigen. Gerade Kleinkinder wiegen sich gern sanft hin und her oder reiben die Beine aneinander.

Fehlende oder falsche Rituale

Natürlich kann es auch durch einen fehlenden Tagesrhythmus zu Schlafstörungen kommen. Deswegen sollten Sie über die Einführung von Ritualen nachdenken, wenn Sie noch keine für Ihr Kind haben. Ein strukturierter Tagesablauf und feste Rituale am Abend können so einige Schlafstörungen aus dem Weg räumen. Nicht immer steckt eine Krankheit dahinter, sogar eher selten. Viele Schlafprobleme sind hausgemacht und kommen in den meisten Familien vor. Um die Probleme mit Struktur und Ritualen in den Griff zu bekommen, benötigen Eltern Konsequenz. Sind Kinder nämlich erst mal an das Aufwachen, das Herumtragen oder das Stillen in den Schlaf gewöhnt, dauert es einige Zeit, bis sich das Kind an den neuen Ablauf gewöhnt hat.

Woran erkenne ich eine Schlafstörung?

Eltern können ganz leicht überprüfen, ob es ihrem Baby gut geht oder nicht. Auch wenn das nächtliche Aufwachen oder Schreien dadurch nicht besser wird, so lassen sich wenigstens die Sorgen um das Baby in den Griff kriegen. Spielt das Baby altersgemäß und isst regelmäßig? Sieht es gesund aus, hat es Farbe im Gesicht? Freut es sich über altersgerechte Spielmöglichkeiten? Entwickelt es sich in allen Bereichen weiter (lernt sich zu drehen, krabbeln, brabbeln, Brei essen usw.)?

Solange sich das Baby tagsüber normal verhält und die Vorsorge-Untersuchungen beim Kinderarzt nichts Auffälliges ergeben, brauchen Sie sich nicht zu fürchten. Das Baby macht einfach eine (für die Eltern) anstrengende Phase durch. Für das Baby selbst ist diese Phase meist gar nicht anstrengend. Sollten Sie sich weiterhin Sorgen machen, weil sich Ihr Baby nicht weiter entwickelt, blass aussieht, müde wirkt oder das Essen verweigert, melden Sie sich immer bei Ihrer Hebamme oder dem Kinderarzt. Diese haben ein offenes Ohr für besorgte Eltern. Oft sind die Sorgen ganz unbegründet, aber somit haben Sie wenigstens Gewissheit.

Eine Schlafstörung wird in drei Kategorien unterteilt. In Ein- und Durchschlafstörungen, in Aufwachstörungen und in Tagesmüdigkeit. Ist das Kind tagsüber besonders schläfrig und zu müde zum Spielen, ist dies immer ein Warnzeichen. Die meisten Kinder, die die Nacht zum Tag machen, überraschen uns damit, dass sie auch tagsüber ausgesprochen munter sind. Ist das Kind aber tagsüber nicht dazu in der Lage, sich wach zu halten und den Tagesablauf mitzumachen, fehlt dem Kind etwas. Vielleicht hat es einen Nährstoffmangel oder eine andere Krankheit. Schläft das Kind tagsüber immer wieder beim Spielen ein, sollten Sie auf jeden Fall zu einem Kinderarzt gehen. Dieser kann mithilfe eines Bluttestes und anderen Untersuchungen schnell feststellen, ob das Kind einen Mangel hat.

Um eine Schlafstörung bei seinem eigenen Kind zu erkennen bzw. zu vermuten, muss man auf seinen Instinkt als Eltern vertrauen. Kommt einem das Kind komisch vor und man hat ein seltsames Gefühl, sollte man diesem unbedingt auf den Grund gehen. Mit einem Schlafprotokoll und einem Arztbesuch sind die Sorgen bald aus dem Weg geräumt oder bestätigt. Beides ist gut für das Kind, denn so wird ihm geholfen.

Ein weiteres Anzeichen, um eine Schlafstörung zu erkennen ist, wenn Sie Ihr Kind einen ganzen Monat lang für dreißig Minuten pro Nacht oder mehr nicht beruhigt bekommen oder nur durch Schritte wie das Herumtragen in den Schlaf. Auch wenn Ihr Kind bereits über 12 Monate alt ist und dennoch mehr als dreimal pro Nacht aufwacht, ist dies ein Anzeichen für eine Schlafstörung. Jedoch muss man auch sagen, dass Sie keinen Arzt aufsuchen müssen, wenn sich Ihr Kind gesund verhält und Sie von dem Problem nicht belastet werden.

Auch im zweiten oder dritten Lebensjahr des Kindes gibt es Phasen, die zwar einer Schlafstörung ähneln, nach kurzer Zeit aber überstanden sind, auch ohne ärztliche Hilfe. Meine älteste Tochter ist so ein Kind. Immer wieder schläft sie mal ein paar Tage sehr schlecht und wacht dann mindestens dreimal pro Nacht auf. Für uns war das Familienbett dafür allerdings Lösung genug. Denn so wache ich zwar auf, schlafe aber sofort wieder ein. Zu einem Problem würde es für mich werden, wenn ich beim Weinen nachts in ihr Zimmer laufen müsste. So muss jede Familie eine eigene Entscheidung für die Schlafprobleme der Kinder treffen.

Ist das Aufwachen oder Schreien eine Belastung für Sie, sollten Sie das immer offen zugeben, denn nur so kann Ihnen geholfen werden. Schütteln Sie Ihr Baby oder Kleinkind niemals, wenn Sie am Ende Ihrer Kräfte sind. Holen Sie sich immer Hilfe. Wenn Sie keinen haben, der Ihnen helfen kann, lassen Sie das Kind lieber in seinem Bettchen schreien und gehen Sie raus. Beruhigen Sie sich erstmal. Versuchen Sie es dann erneut. Ein Kind zu schütteln kann schwerwiegende Folgen für die Gesundheit des Kindes haben. Es kann sogar an den Folgen sterben.

Welche Auswirkungen kann eine Schlafstörung haben?

Kinder, die unter Schlafstörungen leiden, sind auch im Erwachsenenalter anfälliger für Schlafprobleme. Hinzu kommt, dass unbehandelte Schlafstörungen zu Folgekrankheiten führen können. Diese Kinder leiden meist in der Schule, da sie den Leistungsanforderungen nicht gerecht werden können.

Typische Folgen von Schlafstörungen sind:

- *verringerte Reaktionsgeschwindigkeit,*
- *eingeschränktes Urteilsvermögen,*
- *reduzierte Gedächtnisleistung,*
- *gesteigertes Unfallrisiko,*
- *höhere Anfälligkeit für Infekte,*
- *erhöhte Stresshormone im Blut.*

SCHLAFPROGRAMME

Was sind Schlafprogramme?

Im Internet und in Büchern finden Eltern nicht nur Tipps rund um den Schlaf von Babys und Kleinkindern. Sie finden häufig auch Schlafprogramme, die dem Kind das Schlafen beibringen sollen. Jedoch fragen sich die meisten Eltern nicht, ob das Schlafen überhaupt erlernbar ist. Es wird vergessen, dass Babys erst einen Tag- und Nachtrhythmus erlernen müssen und sie auf das Aufwachen in der Nacht angewiesen sind.

Auch Kleinkinder wachen aus einem bestimmten Grund auf, dessen Ursache man erst suchen sollte, bevor mit dem Üben des Schlafens zu beginnen. In einem Schlafprogramm wird anhand von mehreren Schritten gezeigt, wie das Kleinkind schlafen lernt und man als Eltern somit bald mehr Schlaf bekommt. Bereits Babys können laut Schlafprogrammen lernen, allein und durchzuschlafen.

Eine der bekanntesten Methoden ist dabei die Ferber Methode aus dem Buch „Jedes Kind kann schlafen lernen". Dabei gehen Eltern nicht nach Instinkt vor und betrachten ihr Kind auch nicht als Individuum, sondern gehen nach einem genau vorgeschriebenen Zeitplan vor. Dieser sagt ihnen, wann sie auf das Weinen des Babys reagieren dürfen und was sie dann zu tun haben.

Schlafprogramme sind bei vielen Eltern sehr beliebt. Nicht, weil sie so erfolgsvorsprechend sind, sondern weil Eltern, die total übermüdet sind, bereit sind alles auszuprobieren. Das natürlich mit gutem Recht. Immerhin ist der Schlafmangel auch für die Eltern eine große Herausforderung.

Was ist der Hauptkritikpunkt an Schlafprogrammen?

Das Problem ist jedoch, dass Schlafprogramme unseren Blick vom individuellen Kind wegnehmen. Jedes Kind ist ein Individuum, jeder Elternteil ist ein Individuum. Jede Familie lebt anders und meistert andere Herausforderungen. Es wird nicht berücksichtigt, dass das Baby ein wichtiges Bedürfnis haben könnte. Krankheiten, besondere Situationen und Umstände, Behinderungen, Wachstumsschübe, Entwicklungsschritte usw., all das wird außer Acht gelassen und keines Blickes gewürdigt. Die Gefahr besteht also darin, dass das Kind aus einem Pflichtgefühl unter Druck heraus lernt, dass es sich im Bett still verhalten muss und die Eltern nicht rufen darf. Das schädigt das Vertrauen zu den Eltern. Die Bindung zwischen einem Kind und seinen Eltern wird eine viel bessere sein, wenn sein Weinen in der Nacht ernst genommen wird und die Eltern dem Kind immer zeigen, dass sie für es da sind.

In einer Notlage kommt es schnell vor, dass Eltern zu einem Schlafprogramm greifen. Immerhin ist es schwer zu ertragen, wenn Nacht für Nacht schlaflos vergeht. Wird einem der Schlaf geraubt, raubt einem das früher oder später auch die Nerven. Sucht man im Internet nach einer Lösung für sein Problem, wird man schnell fündig. Ein ganzer Haufen an Schlafprogrammen wartet darauf, ausprobiert zu werden. Aber was macht so ein Schlafprogramm mit dem Kind? Was passiert mit der Bindung und dem Vertrauen, dass sich mühsam im ersten Lebensjahr entwickelt hat?

Versetzt man sich selbst einmal in das Kind hinein, fällt es einem vielleicht leichter, zu verstehen, dass Schlafprogramme nicht die beste Wahl sind. Wie oft erschrecken wir uns, wenn wir uns zum Schlafen hingelegt haben und ein seltsames Geräusch hören? Wie viel schlechter schlafen viele von uns, wenn der Partner auf Geschäftsreise ist und das Bett nebenan leer und kalt? Stehen wir nicht alle nochmal auf, wenn uns einfällt, dass die

Balkontür noch offen steht oder die Haustür nicht abgeschlossen ist? Sicherheit und Geborgenheit sind nicht nur für Babys und Kleinkinder enorm wichtig, sondern auch für uns. Aber wie will ein Schlafprogramm diese Sicherheit vermitteln, wenn es trainiert, allein zu sein und sich selbst zu beruhigen?

Schlafen muss gelernt werden, vom Kind selbst. Wir können es nicht anerziehen. Im Laufe seiner Entwicklung wird das Kind schlafen lernen, auch ohne unsere Erziehungsmaßnahmen. Helfen wir ihm lieber dabei. Geben wir ihm das was es braucht. Sicherheit, Geborgenheit, Rituale und Struktur.

Welche Schlafprogramme gibt es? Wie arbeiten diese?

Die Ferber-Methode ist eins der bekanntesten Schlafprogramme. Sie wurde nach einem Kinderarzt, Richard Ferber, benannt. Das Programm möchte erreichen, dass das Baby bereits lernt, allein einzuschlafen. Dafür wird es wach ins Bett gelegt und allein gelassen. Schreit es, geht man erst nach einer bestimmten Anzahl von Minuten wieder in das Zimmer. In der ersten Nacht nach wenigen Minuten und nach fünf Tagen erst nach 30 Minuten. Das Baby wird dann kurz getröstet, aber nicht hochgenommen und erneut allein gelassen. Das Kind soll dadurch lernen, dass es nicht Weinen muss, wenn es allein im Bett liegt und dass es sich selbst beruhigen kann. Ferber sagt voraus, dass sich die Kinder nach zwei bis 14 Tagen an diese Methode gewöhnt haben und durchschlafen.

Aus eigener Erfahrung mit meiner ältesten Tochter kann ich sagen, dass diese Methode nur bedingt funktioniert. Zum einen müssen Eltern stark genug sein, diese Methode auch wirklich durchzuziehen. Knickt man einmal ein, kann man von vorne beginnen und das Kind schreit umso mehr. Zudem ist es eine Qual zu hören, wie das eigene Kind nach Nähe und Geborgen-

heit schreit. Ich war ehrlich gesagt mit dieser Methode noch fertiger als ohne sie.

Sicherlich mag es Kinder geben, bei denen diese Methode funktioniert. Jedoch ist es niemals die sanfte Art und auf keinen Fall für jedes Kind anwendbar. Bei vielen Kindern würde diese Methode einen großen Schaden anrichten. Nehmen wir einmal ein Adoptivkind. Diese benötigt dringend die Möglichkeit, dass das Vertrauen nicht auf die Probe gestellt wird, welches sich mühsam zwischen seinen neuen Eltern aufgebaut hat. Aber auch leibliche Kinder sind so individuell, dass es gefährlich sein kann, diese Methode einfach auszuprobieren.

Das Buch „Jedes Kind kann schlafen lernen" von Annette Kast Zahn und Hartmut Morgenroth nutzt ebenfalls die Ansätze der Ferber Methode. Mittlerweile ist das Buch sehr umstritten. Kommt es doch vielen Eltern sehr schwierig vor, das eigene Kind einfach so schreiend im Bett zurückzulassen.

Interessanterweise gibt es tatsächlich ein Interview von Richard Ferber, wo er Jahre nachdem er das Buch geschrieben hat, seine Aussage revidiert. Selbst er hat seine Meinung über die Ferber Methode verändert. Er sagt nun, dass Kinder nicht allein schlafen lernen müssen. Eltern sollen lieber das tun, was ihnen richtig vorkommt. *Damit wären wir beim individuellen Kind wieder angekommen.*

Zum Nachlesen: https://www.kinder-verstehen.de/mein-werk/blog/ferber-2-0/

Es existieren viele weitere Baby Schlaftrainings im Internet und in Büchern. Die meisten sind eine leicht abgewandelte Form der Ferber Methode. Sie versprechen sanfter zu sein und dem Baby dennoch das alleinige Durchschlafen beizubringen. Letztendlich müssen alle Eltern doch ihre ganz eigene Methode entwickeln. Schlafen lässt sich nun mal nicht beibringen. Aber durch viele Kleinigkeiten so angenehm wie möglich machen

TIPPS UND TRICKS FÜR GESTRESSTE ELTERN

Auch wenn es einem manchmal nicht so vorkommt, ist es ganz normal, dass Babys viel schreien oder Kleinkinder schlecht schlafen. Wären alle Eltern ehrlich zueinander, würde einem vielleicht schon mal ein Stein vom Herzen fallen, dass nicht nur das eigene Kind sich so verhält. Jedoch gibt es nur wenige Eltern, die anderen Eltern gegenüber so ehrlich sind. Eher hört man von den schönen Neuigkeiten. „Mein Kind schläft jetzt schon durch." „Mein Kind kann jetzt Krabbeln." „Mein Kind hat Mama gesagt."

Davon sollten Sie sich wirklich niemals beeindrucken und auf gar keinen Fall ängstigen lassen. Jedes Kind ist, wie wir mittlerweile wissen, ein Individuum. Jedes entwickelt sich in seinem eigenen Tempo und auf seine eigene Art und Weise. Wussten Sie zum Beispiel, dass viele Kinder niemals krabbeln, sondern eine eigene Art der Fortbewegung entwickeln? Robben, Kriechen oder sogar rückwärts. Trotzdem sieht man in der Grundschule nicht ein Kind, welches deswegen nicht laufen gelernt hätte. Ebenso verhält es sich mit dem Schlafen. Das Baby, welches mit drei Monaten zehn Stunden am Stück schlief, ist nicht schlauer, als das Baby, welches mit 18 Monaten noch regelmäßig aufwacht. Auch zum nächsten Kind, welches mit vier Jahren noch bei den Eltern schläft, ist kein Unterschied zu merken.

In erster Linie gilt es also, die Ohren auf Stumm zu schalten, wenn die anderen Eltern anfangen anzugeben. Noch viel mehr sollten wir weghören, wenn uns gut gemeinte Ratschläge der Nachbarn oder Großeltern zu viel werden. Es ist und bleibt Ihr Kind. Sie müssen entscheiden, wie Sie es erziehen und wie Sie es bei seiner Entwicklung unterstützen können und möchten. Sie bestimmen auch, von wem Sie sich einen Ratschlag geben lassen möchten und von wem nicht.

In den ersten Monaten ist es ganz normal, dass das Baby viel schreit. Auch das häufige Schlafen ist ganz normal, ebenso wie das Aufwachen in der Nacht um zu Trinken. Manche Babys schreien viel und die anderen eher weniger. Oft hat das nichts mit den Eltern zu tun. Manchmal müssen Eltern aber auch erst lernen, die Bedürfnisse des Babys zu verstehen und darauf richtig und rechtzeitig zu reagieren. Das ist reine Übungssache und kommt mit der Zeit.

Selbst Babys, die liebevolle Eltern haben und sehr gut versorgt werden, schreien manchmal stundenlang. Sie werden von Blähungen geplagt oder durchleben einen Wachstumsschub. Sie haben Zahnschmerzen oder machen einen Sprung in ihrer Entwicklung. Vielleicht ist ihnen auch einfach nur alles zu viel. Dafür können weder das Baby noch die Eltern etwas. Seien Sie in solchen Momenten einfach für Ihr Baby da. Trösten und kuscheln Sie es. Finden Sie heraus, was gerade jetzt das Beste für Ihr Baby ist.

Bei fast allen Babys nimmt das Schreien nach der ersten Lebenswoche zu. Insgesamt weint ein Baby mit sechs Wochen im Schnitt zwei bis zweieinhalb Stunden pro Tag. Auf den Tag verteilt, kommt es einem nicht so viel vor. Schreit das Baby diese Zeit jedoch am Stück, kann dies sehr an den Nerven der Eltern zerren und auf Dauer Stress auslösen. Es kommt vor, dass Babys in den ersten Lebensmonaten bis zu fünf Stunden am Stück schreien, ohne, dass es eine medizinische Erklärung dafür gibt.

Nach dem vierten Lebensmonat nimmt das Schreien langsam ab. Es hilft Eltern, wenn sie sich einen Plan mit den Entwicklungssprüngen aufhängen. Auch ein Still- oder Fläschchen-Tagebuch kann helfen. Alles, was Ihnen hilft, die Übersicht über die Schreiphasen zu Behalten ist als Hilfsmittel geeignet. So können Sie sich selbst beruhigen. Ein Plan der Entwicklungssprünge hilft das Baby zu verstehen. Ein Still-Tagebuch hilft einem zu sehen, ob das Baby nur Hunger hat oder etwas anderes braucht. Trinkt es viel mehr als sonst, weist das auf einen

Wachstumsschub hin. Mit diesen Plänen behalten Sie also die Übersicht und können Ihrem Baby schneller und leichter helfen.

Warum schreit ein Baby eigentlich?

Da Babys noch nicht sprechen können, müssen sie sich irgendwie anders verständigen. Deswegen Schreien sie. Das eine laut, das andere leise. Manche Babys geben nur ein leichtes Meckern von sich, während andere richtige Schreihälse sind. So zeigen sie uns, dass ihnen etwas fehlt und rufen uns zu sich. Gut für die Bindung zwischen dem Baby und seinen Eltern ist es, wenn die Eltern in den ersten Monaten immer sofort auf das Schreien regieren. Für das Baby ist das Schreien immer ein dringender Hilferuf, solange es so klein ist. Es braucht die Sicherheit, dass Sie dann sofort kommen und nicht in fünf oder zehn Minuten.

Lernt das Baby in den ersten Monaten, dass Sie immer schnell kommen, wenn es Sie ruft, dann wird es gegen Ende des ersten Lebensjahres nichts ausmachen, wenn es mal kurz warten muss und sie erst in ein paar Minuten Zeit haben. Dafür benötigt es aber am Anfang seines Lebens die schnelle und verlässliche Reaktion seiner Eltern. Trösten Sie Ihr Baby also immer, wenn es schreit. Es braucht Sie.

Es gibt viele mögliche Gründe, warum das Baby am Anfang seines Lebens schreit. Meistens wird es weinen, weil es hungrig ist oder die Nähe zu seinen Eltern sucht. Aber auch eine volle Windel, Müdigkeit oder Überforderung können einer der Gründe sein. Ebenso weint es, wenn es friert oder schwitzt, wenn ihm etwas weh tut oder sogar wenn ihm langweilig ist. Mit der Zeit können Sie anhand des Schreiens erkennen, was das Baby braucht. Vielen Müttern gelingt dies nach kürzester Zeit. Sie hören aus dem Schreien heraus, was das Baby ihnen mitteilt.

Bei meiner ersten Tochter war dies sehr schwierig. Sie schrie in meinen Ohren immer gleich, außer sie hatte Schmerzen. Bei meiner zweiten Tochter jedoch, hörte ich sofort raus, was sie braucht. So gilt auch hier natürlich wieder, dass jedes Kind ein Individuum ist. Manche lassen sich leichter beruhigen, andere nicht. Das ist vollkommen normal und liegt nicht an Ihnen.

Solange Sie nur immer auf das Schreien reagieren und dem Baby Nähe bieten, ist es nicht schlimm, wenn Sie nicht sofort erkennen, ob die Windel voll ist oder es Zeit für ein Schläfchen ist. Eltern dürfen auch Fehler machen. Das Baby verzeiht einem in der Hinsicht ziemlich viel. Es wird einem nicht nachtragen, dass man die volle Windel eine halbe Stunde nicht bemerkt oder Müdigkeit und Hunger miteinander verwechselt hat.

Aber auch wir müssen verzeihen lernen. Babys schreien niemals, um uns zu ärgern. Sie wissen noch gar nicht, wie das geht. Frühestens gegen Ende des ersten Lebensjahres sind Babys alt genug, um uns zu ärgern. Selbst dann ist es immer noch keine böse Absicht, sondern ein Ausprobieren. Reagieren Sie also im ersten Lebensjahr immer auf das Schreien. Am Anfang so schnell wie möglich, um Vertrauen aufzubauen. Sollten Sie mal keinen Rat wissen, warum Ihr Baby schreit oder kommt Ihnen das Schreien irgendwie komisch vor, dann rufen Sie Ihre Hebamme oder den Kinderarzt an. Diese können das Schreien abklären, Sie beruhigen und Ihnen ein paar hilfreiche Tipps an die Hand geben. Auch eine Schreiambulanz kann jederzeit genutzt werden.

Schreit ein Baby besonders abends viel, ist es meist mit den vielen Eindrücken des Tages beschäftigt und überfordert. Dann hilft es dem Baby, wenn Sie es nah bei sich halten und mit ihm kuscheln. Beruhigen Sie es mit einem Lied oder erzählen Sie ihm eine Geschichte. Ihre Stimme wird es besänftigen und ihm Sicherheit geben. Versuchen Sie dann, die nächsten Tage ruhiger zu gestalten. Schaffen Sie Struktur in Ihrem Alltag, damit es dem Baby leichter fällt, mit Neuigkeiten umzugehen.

Was hilft dem Baby, sich zu beruhigen?

Da jedes Baby ein Individuum ist, ist es oft gar nicht so einfach, die richtige Lösung zum Beruhigen zu finden. Manchmal gibt es sogar gar keine Lösung dafür. Schreit das Baby nämlich, weil es Anpassungsschwierigkeiten hat und mit dem Tag überfordert ist, dann muss es sich ausschreien. Gut ist es, wenn es das auf Mamas oder Papas Arm tun darf. Denn hier fühlt es sich sicher und geborgen.

So anstrengend diese Phasen auch sind, desto mehr stärkt es doch auch die Bindung zwischen Eltern und Baby. Wechseln Sie sich in solchen Phasen ab. Gönnen Sie sich gegenseitig eine Auszeit. Wenn Sie alleine sind, suchen Sie sich Hilfe. Bitten Sie eine Freundin oder Nachbarin um Hilfe. Tanken Sie kurz neue Kraft und widmen Sie sich dann wieder Ihrem Baby.

Meist wissen Sie nach kurzer Zeit ganz intuitiv, was Ihrem Baby fehlt und was ihm hilft. Das kann ein Lied sein, das sanfte Schaukeln im Arm oder das Pucken in ein Tuch. Manche Babys lieben es in einem Tragetuch umhergetragen zu werden. So sind sie immer nah bei den Eltern und nicht alleine. Sie hören den Herzschlag und lassen sich davon beruhigen. Hört es sich doch ähnlich an, wie in Mamas Bauch.

Es gibt auch CDs mit Naturgeräuschen oder den Geräuschen aus dem Mutterleib. Diese können gerade bei Neugeborenen wahre Schrei-Killer sein. Sanfte Töne wie Klaviermusik oder andere Instrumentalstücke beruhigen die meisten Babys ebenfalls. Für manche Säuglinge ist es das Autofahren oder ein Spaziergang. Probieren Sie aus, was für Ihr Baby die richtige Methode ist.

Wenn das Baby krank ist

Bei Bauchschmerzen und Blähungen hilft eine Bauchmassage. Für Zahnschmerzen gibt es gekühlte Beißringe und Schmerzgel. Bei Fieber oder der ersten Erkältung sollten Sie immer den Kinderarzt aufsuchen. Dieser kann Ihnen Nasentropfen für Säuglinge verschreiben. Von der Bahnhof Apotheke gibt es sanfte Erkältungssalben, die aus rein natürlichen Mitteln bestehen und für Säuglinge sehr gut geeignet sind.

Bezugsquellen:

https://shop.bahnhof-apotheke.de/product/engelwurzbalsam-15ml.314.html

https://shop.bahnhof-apotheke.de/product/thymian-myrte-balsam-fuer-kind-saeugling-30ml.548.html

Wie kann ich dem Schreien vorbeugen?

Um dem Schreien des Babys vorzubeugen, hilft oft ein strukturierter Tagesablauf. Je jünger das Baby, desto weniger Termine sollte man in einen Tag packen. Das Baby muss in den ersten Wochen nicht von jedem auf den Arm genommen werden. Natürlich möchten alle das neue Leben willkommen heißen.

Dennoch sollten Sie Ihr Kind etwas schützen. Lassen Sie jeden Tag nur einen Besucher kommen. Geben Sie das Baby nur dem Besucher auf den Arm, wenn Sie das wirklich wollen, nicht nur, um den anderen einen Gefallen zu tun. Brechen Sie die Besuche ab, wenn Sie merken, dass Ihr Baby müde wird. Versetzen Sie sich in Ihr Baby hinein. Es ist frisch auf der Welt. Jeden Tag jemand Neues kennenzulernen, ist ganz schön viel. Gewähren Sie dem Baby Zeit, dies zu verarbeiten. Schrauben Sie die Besuche runter, wenn Ihr Baby am Abend vermehrt schreit.

Versuchen Sie herauszufinden, wann die Schreizeiten Ihres Babys sind. Schreit es immer, wenn es aufwacht? Dann passen Sie die Zeit ab. Gehen Sie zu seinem Bettchen kurz bevor es aufwacht. Vielleicht weint es nur, weil es alleine aufwacht. Weint es immer kurz vor den Mahlzeiten? Geben Sie die nächste Mahlzeit etwas früher. Vielleicht wächst Ihr Baby gerade und hat deswegen mehr Hunger. Spielen Sie viel mit dem Baby. Beobachten Sie es dabei, vor allem seine Mimik und Gestik. Viele Babys zeigen durch ihre Körpersprache, was sie brauchen. Reagieren Sie zum Beispiel auf ein Gähnen und Augen reiben rechtzeitig und legen Sie das Baby hin. So muss es gar nicht erst schreien, um Ihnen zu zeigen, dass es müde ist.

Nächtliches Schreien und Aufwachen

Natürlich ist es immer leichter, wenn das Baby tagsüber schreit. Hat man sich als Eltern selbst zum Schlafen gelegt, ist es sehr viel anstrengender, das Schreien auszuhalten. Schlaftrunken ein Baby zu beruhigen ist eine Herausforderung. Lassen Sie sich damit trösten, dass es allen Eltern so geht, den einen kürzere Zeit, den anderen für Länger.

Ein Beistellbett oder Gitterbett im Schlafzimmer ist für die meisten Eltern eine große Erleichterung. So erspart man sich wenigstens den Weg in ein anderes Zimmer oder das Verlassen des warmen Bettes. Das Stillen wird um ein Vielfaches leichter, wenn das Baby nur vom Beistellbett ein Stück zu sich gezogen werden muss oder man sich einfach rüberbeugt. Manche Mütter schlafen beim Stillen sogar wieder ein. Alles, was Ihnen das nächtliche Aufwachen leichter macht, ist gut. Probieren Sie aus, was Ihnen hilft. Testen Sie den besten Schlafplatz für Ihr Baby aus. Wird Ihnen das Stillen zu viel, wechseln Sie nach ein paar Monaten zum Fläschchen. Fühlen Sie sich gar nicht mehr dazu in der Lage auf das Baby zu reagieren, bitten Sie Ihren Partner um Hilfe.

Auswirkungen von Schlafmangel auf die Eltern

Eltern, die unter starkem Schlafmangel leiden, reagieren häufig sehr gereizt. Gerade bei Babys ist das jedoch nicht sehr hilfreich und kann sogar gefährlich sein. Babys sind darauf angewiesen, dass wir uns so ruhig und gelassen verhalten, wie möglich. Zudem sie sich mit reinsteigern, wenn wir selber weinen oder schreien. Natürlich kann es passieren, dass wir selber so fertig sind, dass wir keinen anderen Ausweg mehr wissen. Dennoch müssen wir uns in der Zurückhaltung üben. Denn gestresste Eltern sind keine Lösung.

Aber was genau folgt für Eltern eigentlich auf den Schlafmangel? Kann es auch schädliche Auswirkungen auf sie selbst und ihre Gesundheit haben? Laut einer Studie aus Großbritannien schlafen Eltern erst ca. sechs Jahre nach der Geburt des Babys wieder so wie vorher, was Mütter durchaus mehr betrifft, als Väter. Dies liegt sicherlich nicht nur am Stillen. Wird man Mutter, stellt sich das Gehirn auf das Baby ein. Es hört jedes kleine Geräusch und lässt die Alarmglocken läuten. Für viele Mütter ist in den ersten Lebenswochen des Babys kaum an Schlaf zu denken. Selbst dann nicht, wenn das Baby eigentlich schläft.

Eltern, gerade Mütter, sollten sich deswegen die Zeit nehmen auch tagsüber mal ein Schläfchen zu machen und etwas vom verlorenen Nachtschlaf aufzuholen. Kaffee, Nüsse, Schokolade, Sport, spazieren gehen und vieles mehr sind Lieferanten für neue Energie. Füllen Sie Ihre Energiequellen auf, sobald es Ihnen möglich ist. Lassen Sie den Haushalt mal liegen. Holen Sie sich Hilfe beim Putzen, Einkaufen und Baby betreuen. Wechseln Sie sich mit Ihrem Partner ab.

Aber was kann man dann für sein Kind tun, wenn es einen Nachtschreck erlebt? Zunächst einmal, müssen Sie selber versuchen ruhig zu bleiben. Wenn Sie das erste Mal einen Nachtschreck erleben, ist das auch für Sie wahrscheinlich sehr erschreckend. Sicherlich denken Sie im ersten Moment, dass Ihr Kind schlimme Schmerzen hat oder etwas Gruseliges träumt. Dennoch sollten Sie Ihr Kind nicht hochnehmen oder es versuchen zu wecken. Dadurch würde sich das Kind nur noch mehr erschrecken. Weckt man es nicht, wird es am nächsten Morgen auch nichts mehr von dem Ereignis wissen. Stattdessen setzen Sie sich einfach an das Bett Ihres Kindes und bleiben Sie bei ihm, bis der Nachtschreck vorüber ist.

Wenn das Kind um sich schlägt, achten Sie darauf, dass es sich nicht verletzen kann und räumen Sie mögliche Gefahrenquellen aus dem Weg. Bald wird sich Ihr Kleines wieder beruhigt haben und weiter schlafen. Zu einem Arzt müssen Sie wegen des Nachtschrecks nicht gehen. Er ist ganz ungefährlich und hat keine Nachwirkungen für das Kind. Tritt der Nachtschreck jedoch mehrmals die Nacht auf, können Sie Ihr Kind vorsichtshalber vom Kinderarzt untersuchen lassen.

Auch hier kann ein Schlafprotokoll wieder helfen. Notieren Sie sich, wie oft und wann genau der Nachtschreck auftritt. So können Sie dem Kinderarzt genau Bericht erstatten. Vielleicht erübrigt sich ein Besuch beim Kinderarzt auch. Oft erkennt man im Schlafprotokoll von ganz allein die Ursache. Tritt er immer auf, wenn das Kind bei der Tagesmutter war oder Fern geschaut hat?! Dann können Sie der Ursache auf den Grund gehen.

Kind hat schon durchgeschlafen, wacht nun mehrmals auf

Wenn sich die Schlafzeiten oder -gewohnheiten des Kindes plötzlich ändern, ist das meistens ein Zeichen dafür, dass sich im Leben des Kindes etwas verändert hat. Das kann ein Umzug, ein Urlaub oder der Besuch des Kindergartens sein. Geben Sie dem Kind hier etwas Zeit, um sich an die neue Situation zu gewöhnen. Zudem braucht es Sie jetzt tagsüber besonders. Genießen Sie die Zeit vor dem Schlafen gehen ganz intensiv. Kuscheln Sie viel und zeigen Sie Ihrem Kind mit Routine und den gewohnten

Ritualen, dass sonst noch alles beim Alten ist. Verschaffen Sie ihm die nötige Sicherheit die es braucht, um sich auch nachts sicher zu fühlen.

Auch Krankheiten und Wachstumsschübe sind häufig ein Auslöser dafür, dass das Baby oder Kleinkind plötzlich wieder aufwacht. Diese müssen einfach ausgestanden werden. Ein Baby mit einer schweren Erkältung oder ein Kleinkind mit Fieber möchte am liebsten auf seiner Mama schlafen. Gönnen Sie Ihrem Kind diesen Wunsch ruhig, wenn es Ihnen nichts ausmacht. Achten Sie aber darauf, dass es sich nicht einbürgert und legen Sie Ihr Kind nach spätestens drei Tagen zurück in sein Bett. Es kann sein, dass es nun protestiert. Ist es wieder gesund, wird der Protest aber nicht lange andauern.

Ebenso verhält es sich mit Entwicklungsschüben eines Babys. Lernt es etwas Neues, wirkt sich das häufig auf den Schlaf aus. Diese Phasen sind nach wenigen Tagen aber vorbei. Hier ist etwas Geduld gefragt. Eine der Phasen, wo die meisten Babys sehr schlecht schlafen, ist um den neunten Lebensmonat herum. Die Kleinen beginnen zu verstehen, dass die Eltern weggehen (können) und wollen Sie unbedingt bei sich haben. Sie möchten nicht allein sein und zeigen das meistens sehr deutlich. In dieser Phase ist es wichtig, immer auf das Weinen des Kindes zu reagieren. Zeigen Sie ihm, dass Sie da sind und nicht weggegangen sind. Nehmen Sie Ihr Baby aber (erst mal) nicht hoch.

Vielleicht leidet das Kind auch plötzlich unter Albträumen. Versuchen Sie diesen auf den Grund zu gehen. Bitte Sie Ihr Kind, Ihnen zu zeigen oder zu erzählen, was es bedrückt. Albträume sind an für sich etwas normales. Auch wir Erwachsenen leiden ab und zu darunter. Problematisch wird es erst, wenn Albträume regelmäßig den Schlaf des Kindes stören. Sprechen Sie im Notfall mit dem Kinderarzt darüber.

Hatten kleine Kinder einen besonders aufregenden Tag oder spüren, dass am nächsten Tag etwas Besonderes ansteht (Geburtstag, Weihnachten usw.), ist es für sie auch manchmal schwer ein- und durchzuschlafen. Mit jeder wechselnden Schlafphase in der Nacht, wachen sie richtig auf und schlafen nicht wieder ein, weil sie sich freuen oder aufgeregt sind. Am besten erzählt man kleinen Kindern gar nichts von diesen besonderen Tagen.

Ein Kleinkind muss auf seinen Geburtstag nicht vorbereitet werden. Dennoch bekommen die Kleinen die Unruhe im Haus oft trotzdem mit. Sie merken, dass Mama und Papa etwas vorbereiten, Kuchen backen, Geschenke verpacken oder ähnliches. Haben Sie den Eindruck, dass Ihr Kind vor Aufregung oder Vorfreude nicht schlafen kann, nehmen Sie es gelassen. Dann schläft es halt heute mal mit einem Hörspiel oder einem Buch im Bett etwas später ein. Erklären Sie ihm nachts, dass es noch nicht die Zeit zum Aufstehen ist: „Wir brauchen doch ganz viel Kraft für morgen. Deswegen müssen wir jetzt alle noch ein bisschen schlafen!".

Schwieriger ist es, wenn es sich um emotionale Belastungen statt Vorfreude handelt. Der Auslöser hierfür kann ein geborenes Geschwisterkind sein, ein Trauerfall in der Familie (auch das bekommen die Kleinen oft unbewusst mit, weil sie merken, dass wir traurig sind), eine längere Krankheitsphase, ein Streit mit der Freundin oder ein Umzug. Es gibt viele Möglichkeiten, die das Kind leicht oder schwer belasten können. Auch hier ist es wieder wichtig, selber ruhig zu bleiben.

Auch wenn es manchmal gar nicht so leicht ist. Muten Sie Ihrem Kind aber auch zu, dass es von Ihren Gefühlen erfahren darf. Sie sind traurig? Sagen Sie Ihrem Kind ruhig die Wahrheit. Dramatisieren Sie es nicht, aber verschönern Sie auch nichts. „Die Oma ist sehr krank und das macht mich traurig.", „Ich habe mich mit dem Papa gestritten, da war ich sehr wütend. Aber jetzt ist alles wieder gut." So lernt das Kind, dass es in

Ordnung ist, Gefühle wie Wut oder Trauer zu besitzen. Sie gehören zum Leben dazu und sind manchmal nicht zu vermeiden. Haben Sie miteinander darüber gesprochen, macht es dem Kind meistens keine oder wenigstens weniger Angst. Es kann beruhigt schlafen und muss sich nicht die ganze Zeit fragen, ob es etwas falsch gemacht hat. Leider denken Kinder im Kleinkindalter nämlich immer zuerst, dass sie etwas falsch gemacht haben, wenn die Eltern streiten, weinen oder schlecht gelaunt sind. Stress kann Kinder auf Dauer genauso belasten wie wir. Suchen Sie also immer nach dem Stressauslöser. Gehen Sie der Sache genau auf den Grund, damit sie Ihrem Kind nicht schadet.

Leider kommt es vor, dass es Eltern gar nicht so leicht fällt, tagsüber den Schlaf nachzuholen, den sie nachts verpasst haben. Der eine Grund dafür kann sein, dass ihre Kinder auch tagsüber nicht viel schlafen, der andere Grund ist, dass sie zu viel um die Ohren haben. Da wir nichts dagegen tun können, wenn Babys nicht schlafen, müssen wir an dem anderen Punkt arbeiten. Es ist wichtig, ab und zu Kraft zu tanken und zur Ruhe zu kommen. Ein Baby braucht ausgeglichene Eltern. Was das für Sie bedeuten kann, ist ganz individuell. Jeden entspannt etwas anderes. Vielleicht gucken Sie sich Ihre Lieblingsserie während der Hausarbeit an. Oder sie gehen mit dem Baby spazieren und schalten dabei mit einem Hörspiel oder Musik ab.

Zu Hause fällt einem oft schneller die Decke auf den Kopf, als wenn man draußen ist. Außerdem versorgt uns frische Luft mit neuer Energie. Viel Zeit draußen zu verbringen kann also wahre Wunder bewirken. Ob Sie joggen gehen, im Wald spazieren, die Gartenarbeit erledigen oder einfach nur eine Tasse Kaffee auf dem Balkon trinken, ist völlig egal. Tun Sie das, was Ihnen guttut. Schläft das Baby tagsüber, legen Sie sich mit hin. Auch wenn Sie nicht schlafen können, so ist es trotzdem erholsam, sich etwas auszuruhen.

Folgen von Schlafmangel

Nicht nur für Kinder hat Schlafmangel irgendwann Folgen. Wer auf Dauer schlecht schläft, wird das irgendwann im Alltag bemerken. Nicht nur daran, dass der Kaffeebedarf steigt und man etwas gereizt ist. Bei dauerhaftem Schlafentzug kann es zu Konzentrationsmangel und Gedächtnisstörungen kommen. Im Schlaf werden wichtige Informationen des Tages verarbeitet und Platz für Neues geschaffen. Wir sind durch Schlafmangel also weniger aufnahmefähig.

Die Müdigkeit und die Probleme mit der Konzentration können schnell dazu führen, dass Unfälle passieren. Sowohl zu Hause als auch im Straßenverkehr ist das sehr gefährlich. Hatten Sie eine besonders schlechte Nacht, sagen sie lieber die Termine ab und verzichten Sie auf das Autofahren. Sogar das Immunsystem leidet auf Dauer unter dem Schlafentzug. Ist die Elternzeit vorbei und das Baby hält einen wach, ist man einer doppelten Belastung ausgesetzt. Auch wenn es einem unangenehm ist, sollte man dies dennoch dem Arbeitgeber ehrlich mitteilen. Verraten Sie ihm ruhig, dass Ihr Kind schlecht schläft und lassen Sie sich im Notfall versetzen oder beurlauben. Der Arbeitgeber und Sie haben nichts davon, wenn Sie durch Unkonzentriertheit einen Unfall provozieren.

Viele Eltern müssen es erst lernen, für sich selbst gut zu sorgen. Wird ein Baby geboren, steht dieser kleine Mensch plötzlich immer im Vordergrund. Immerhin kann er sich noch nicht selbst versorgen. Die Selbstfürsorge der Eltern darf aber nicht darunter leiden. Seien Sie ab und zu egoistisch. Fordern Sie das ein, was Ihnen Kraft gibt, für das neue Familienmitglied zu sorgen.

SOFORTHILFE

Tipps und Tricks, wie Eltern die Nerven behalten

Wenn das Baby schlecht schläft und viel schreit, gibt es nur eine Lösung: Sie müssen Möglichkeiten schaffen, wie Sie gelassen bleiben, damit Sie dem Baby gerecht werden können. Alles, was dafür nötig ist, muss getan werden. Das Baby hat von gestressten Eltern leider gar nichts. Stress der Eltern bewirkt eher, dass das Baby noch mehr schreit, weil es die Anspannung im Haus spürt. Sie müssen also auf die Suche nach der richtigen Entspannungs- und Erholungsmethode für sich gehen. Um es Ihnen etwas leichter zu machen, sind hier noch mal einige Regeln und Methoden aufgelistet:

- *Ruhig bleiben, tief durchatmen.*
- *Nicht wütend werden, das Baby will Sie nicht ärgern.*
- *Hilfe holen, sich ablösen lassen oder rausgehen, sich beruhigen und dann erneut versuchen.*
- *Der Ursache für das Schreien/Nicht-Schlafen auf den Grund gehen.*
- *Hektik vermeiden, Termine runterfahren.*
- *Struktur schaffen, Rituale einführen.*
- *Kraft tanken, für sich selbst sorgen.*

Wenn Eltern wütend werden

Wenn das Baby gar nicht aufhört zu schreien, sei es tagsüber oder auch nachts, ist dies sehr schwierig für Eltern. Irgendwann sind alle Möglichkeiten ausgeschöpft, wie man das Baby beruhigen könnte. Da ist es ganz normal, dass man langsam verzweifelt. Jedoch ist es wichtig, dass diese Verzweiflung nicht zur Wut wird. Schreit das Baby ununterbrochen, hält einen vom

Schlafen ab und man weiß nicht mehr weiter, hat sogar gar keinen, der einen mal ablösen könnte, wird man schnell mal wütend.
Das Problem ist nur, dass wir uns unter Müdigkeit und Wut nicht im Griff haben. Wir wissen nicht, was wir tun. Das Baby muss aber weiterhin beschützt werden. Es ist sehr gefährlich, wenn man das Baby in seiner Wut schüttelt. Das Anschreien und Schütteln eines Babys kann bleibende Schäden hinterlassen oder es sogar töten. Leider wissen viele Eltern dies nicht.

Wenn Sie merken, dass Sie wütend werden, gehen Sie nach folgendem Plan vor:

- *Legen Sie das Baby in sein Gitterbett oder auf den Boden.*
- *Gehen Sie aus dem Raum.*
- *Atmen Sie einmal tief durch.*
- *Beruhigen Sie sich so gut Sie können.*
- *Schauen Sie ab und zu nach, ob es dem Baby gut geht.*
- *Rufen Sie Hilfe, wenn es nicht besser wird.*
- *Oder wenn Sie sich beruhigt haben, versuchen Sie erneut, das Baby zu beruhigen.*

Wo Sie Hilfe bekommen

Es gibt mehrere Möglichkeiten sich Hilfe zu holen. Zunächst ist es immer gut, sich mit dem Partner oder einem Familienangehörigen abzuwechseln, wenn man merkt, dass man die Nerven verliert. Für akute Situationen kann man mit dem Baby zu einer Schreiambulanz fahren oder die Nummer gegen Kummer wählen (0800 – 111 0 550). In der Schreiambulanz und auf dem Notfalltelefon erreichen Sie jemanden, der Ihnen Tipps zum Umgang mit dem Schreien geben kann. Wenn Sie lieber schreiben, können Sie sich auch unter bke-elternberatung.de, einer Online Beratung, Hilfe holen. Natürlich sind zu den normalen

Öffnungszeiten auch der Kinderarzt oder die Hebamme ein guter Ansprechpartner.

Warum das Schütteln des Babys so gefährlich ist

Das Schütteln eines Babys darf nicht unterschätzt werden. Schüttelt man ein Baby, kann dieses ein Schütteltrauma erleiden. Da ist ähnlich wie ein Schleudertrauma bei einem Unfall mit dem Auto. Durch das Schütteln für nur wenige Sekunden können beim Baby bereits bleibende Schäden entstehen, die nicht wieder geheilt werden können. Gerade Neugeborene können ihren Kopf noch nicht alleine halten. Durch das Schütteln wird der Kopf nach vorne und wieder zurückgeschleudert. So schlägt das Gehirn gegen die Schädelwände und wird verletzt. Blutgefäße und Nervenbahnen können bei so einer Verletzung reißen und zu einer Blutung im Gehirn führen. Es kann zu einem Sauerstoffmangel kommen und der Atem des Babys kann sogar komplett aussetzen.

Leider passiert es immer wieder, dass Babys und Kleinkinder mit einem Schütteltrauma in Krankenhäusern landen. Die Folgeschäden reichen von Krampfanfällen, über Sprachstörungen und Entwicklungsverzögerungen bis hin zu Blindheit und schweren körperlichen wie geistigen Behinderungen. Sogar 50 – 70 % der Kinder mit einem Schütteltrauma leiden anschließend an einem oder mehreren dieser Folgeerkrankungen. 10 – 30 % der geschüttelten Babys sterben sogar an den Folgen. Nur 10 – 20 % der eingelieferten Kinder überleben den Vorfall ohne Schaden.

Der eigenen Wut vorbeugen

Damit es gar nicht erst dazu kommt, dass Eltern so wütend werden, dass sie rausgehen müssen oder gar das Baby schütteln, ist es wichtig, herauszufinden, was einem guttut. Was brauche ich eigentlich (außer Schlaf), damit es mir gut genug geht, um bei einer Schreiattacke ruhig und entspannt zu bleiben? Was fehlt mir außer Schlaf noch? Meistens spielt mehr mit, außer nur der Mangel an Schlaf. Das Leben mit Baby ist anders. Man muss vielleicht einiges aufgeben, zumindest vorübergehend.

Den wenigsten ist das komplett egal. Nicht mehr arbeiten gehen, immer auf Abruf zum Stillen bereit sein, das Schlafzimmer teilen, auf spontanen Sex verzichten, weniger Abende für sich oder mit den Freunden, ... Die Liste ist sehr lang. Jedoch muss man nicht alles aufgeben. Es gilt nur, ein Talent dafür zu entwickeln, kreative Lösungen zu finden. Die Elternzeit kann man verkürzen und bald wieder arbeiten gehen. Vielleicht kann der Partner auch ein paar Monate der Elternzeit übernehmen. Oder die Oma betreut das Baby einmal die Woche, sodass man einen halben Tag arbeiten gehen kann. Die Milch kann auch abgepumpt werden. Dann kann der Papa auch mal ein Fläschchen geben. Sex kann auch spontan in der Dusche oder auf dem Sofa schön sein. Der Abend mit den Freunden kann nach Hause verlegt werden oder man geht abwechselnd aus. Wichtig ist, dass jedem Partner Zeit für sich selbst zusteht. Finden Sie heraus, was Sie am liebsten machen würden, was Sie am meisten vermissen und machen Sie es!

KURZ UND KNACKIG

Schlafbedarf von Babys und Kleinkindern:

- *Neugeborenes: 16 bis 18 Stunden, gleichmäßig verteilt auf Tag und Nacht.*
- *3-6 Monate: 15 Stunden, der Nachtschlaf nimmt langsam zu, mehrere Tagesschläfchen.*
- *6-9 Monate: 14 Stunden, Nachtschlaf am Stück von ca. sechs Stunden möglich, mehrere Tagesschläfchen.*
- *9-12 Monate: 14 Stunden, davon ca. zwei Tagesschläfchen.*
- *12-18 Monate: 14 Stunden, davon ein bis zwei Tagesschläfchen.*
- *18-24 Monate: 13 Stunden, davon ein Mittagsschlaf.*
- *Ab ca. 3 Jahren: Ende des Mittagsschlafs.*
- *Ab sechs Jahren: Nachtschlaf von ca. 11 Stunden.*

Mögliche Einschlafrituale für Babys und Kleinkinder

- *gemeinsames Abendessen,*
- *Zähne putzen,*
- *stillen/Fläschchen/Schnuller,*
- *Baden,*
- *eincremen,*
- *Massage,*
- *kuscheln,*
- *vorlesen,*
- *Geschichten erzählen,*
- *Lieder vorsingen,*
- *Hörspiele/Musik CDs,*
- *Fingerspiele,*
- *Reime und Gedichte,*
- *Abendgebete.*

Die acht Wachstumsschübe/Entwicklungssprünge auf einen Blick:

1. *Wachstumsschub ab der 5. Lebenswoche: Kennenlernen der Umwelt, erstes Lächeln.*
2. *Wachstumsschub ab der 8. Lebenswoche: Die Sinne werden geschärft, das Baby fängt an Farben zu erkennen.*
3. *3. Wachstumsschub ab der 12. Lebenswoche: Das Sozialverhalten entwickelt sich, das Baby lernt zu kommunizieren.*
4. *4. Wachstumsschub ab der 19. Lebenswoche: Das Baby entwickelt viele neue motorische Fähigkeiten, es beginnt alles in den Mund zu stecken.*
5. *Wachstumsschub ab der 26. Lebenswoche: Das Baby lernt Gefühle wie Angst kennen, es lernt etwas über Ursache und Wirkung*
6. *Wachstumsschub ab der 37. Lebenswoche: Das Baby erkundet die Umwelt, es lernt krabbeln.*
7. *Wachstumsschub ab der 46. Lebenswoche: Das Baby zieht sich hoch und lernt langsam laufen, es erkundet die Umwelt auf eigene Faust, es lernt Zusammenhänge kennen.*
8. *Wachstumsschub ab der 55. Lebenswoche: Das Baby lernt richtig laufen.*

Die richtige Schlafumgebung schaffen:

- ***Rauchverbot, mindestens in dem Raum, in dem das Baby schläft.***
- ***Schlafsack 56 bis 70 cm groß, keine Kissen und Decken im Babybett.***
- ***Raumtemperatur zwischen 16 und 18 °C, vor dem Schlafen lüften.***
- ***Matratze nicht zu weich, extra für Babys, mit trittfestem Rand.***
- ***Mobile/Spieluhr am Rand befestigen, keine Kuscheltiere mit ins Bett legen.***
- ***Optimale Schlafposition ist die Rückenlage***
- ***Bettlaken einmal die Woche wechseln, keine Auflagen verwenden, diese hemmen die Luftzirkulation.***
- ***Saugbedürfnis darf durch Schnuller, Daumen oder Brust abgedeckt werden.***
- ***Kein Fernseher vor oder während des Einschlafens, sanftes Licht von Nachtlichtern oder Sternlichtprojektoren wirkt sich dagegen positiv auf den Schlaf aus.***

Wo Eltern Hilfe finden, wenn das Baby schreit:

- *Kinderarzt*
- *Hebamme*
- *Schreiambulanz*
- *Stellen für Erziehungsberatung*
- *Kinderklinik*
- *Sozialpädiatrische Zentren*
- *Nummer gegen Kummer 0800 – 111 0 550*
- *Online Beratung: bke-elternberatung.de*

Die schönsten Gute-Nacht-Geschichten für Babys und Kleinkinder:

- *„Nur noch kurz die Ohren kraulen", Jörg Mühle*
- *„Der liebste Papa der Welt", Eleni Zabini, Susanne Lütje*
- *„Die liebste Mama der Welt", Eleni Zabini, Susanne Lütje*
- *„Wenn kleine Tiere schlafen gehen", Marina Rachner, Anne-Christin zur Brügge*
- *„Ich bin gar nicht müde", Constanze von Kitzing*
- *„Gute Nacht Gorilla", Peggy Rathmann*
- *„Wenn Kuscheltiere schlafen gehen", Andreas Nemet, Hans-Christian Schmidt*
- *„Schläfst du schon, Lieselotte?", Alexander Steffensmeier*

Mögliche Gründe und Ursachen von Einschlafproblemen:

- *zu viel Schlaf am Tag,*
- *Angst,*
- *zu wenig Ruhe,*
- *das Kind muss den Tag noch verarbeiten, hat etwas auf dem Herzen,*
- *Aufregung, weil etwas Schönes oder Spannendes ansteht,*
- *wenn Schlafen als Strafe benutzt wird,*
- *Streit vor dem Schlafen gehen,*
- *Reizüberflutung,*
- *das Kind ist nicht ausgelastet, nicht müde oder überdreht.*

Typische Folgen von Schlafstörungen sind:

- *Verringerte Reaktionsgeschwindigkeit,*
- *eingeschränktes Urteilsvermögen,*
- *reduzierte Gedächtnisleistung,*
- *gesteigertes Unfallrisiko,*
- *höhere Anfälligkeit für Infekte, schlechtes*
- *Immunsystem,*
- *erhöhte Stresshormone im Blut.*

Das Schlaftagebuch:

- *Datum*
- *morgendliche Aufwachzeit*
- *ich musste mein Kind wecken oder*
- *mein Kind ist von alleine aufgewacht*
- *Zeiten Tag-Schlaf 1*
- *mein Kind ist glücklich aufgewacht oder*
- *mein Kind ist schreiend aufgewacht*
- *Zeiten Tag-Schlaf 2*
- *mein Kind ist glücklich aufgewacht oder*
- *mein Kind ist schreiend aufgewacht*
- *Zeiten Tag-Schlaf 3*
- *mein Kind ist glücklich aufgewacht oder*
- *mein Kind ist schreiend aufgewacht*
- *mein Kind war heute allgemein glücklich oder*
- *mein Kind war heute schlecht drauf*
- *besondere Aktivitäten heute*
- *heutige Bettrituale*
- *Bett-Zeit abends*
- *Einschlaf-Zeit*
- *Zeiten des nächtlichen Aufwachens*
- *Dauer der Wachphase*
- *Art der Beruhigung*

So klappt es (wieder) mit dem Durchschlafen:

- *Feste Zeiten einführen,*
- *Mittagsschlaf oder Mittagsruhe halten,*
- *Rituale einführen,*
- *wach ins Bett legen,*
- *nicht direkt hochnehmen, wenn das Kind weint,*
- *stattdessen streicheln, beruhigend reden, singen usw.*

Ab wann spricht man von Schlafstörungen?

- *Das Problem tritt seit mehr als drei Monaten auf.*
- *Das Problem erfolgt an mindestens fünf Tagen pro Woche.*
- *Das Kind ist an diesen Tagen mehr als zwanzig Minuten am Stück wach oder*
- *das Kind wacht an diesen Tagen mindestens dreimal pro Nacht auf.*

Tipps für den Tag nach einer schlechten Nacht:

- *Der frühe Vogel kann mich mal*
- *Kleines Frühstück, damit der Körper die Energie nicht*
- *zum Verbrennen benötigt*
- *Viel Wasser trinken*
- *Kaffee, aber nicht zu viel*
- *Mit-Schlafen, wenn das Baby schläft*
- *To-do-Listen gegen die Vergesslichkeit*
- *Frische Luft: Lüften und spazieren gehen*
- *Sport treiben*
- *Früh ins Bett gehen*
- *Lebensmittel gegen Müdigkeit: Orangensaft, Nüsse, Bananen, Avocado, Eier*
- *Zucker meiden*

Ablenkung für die Eltern:

- *Mit dem Partner abwechseln, jedem steht Zeit für sich zu*
- *Kaffeepause für Mama*
- *Baden oder Duschen alleine*
- *Ein Hobby suchen*
- *Einen Tag pro Woche haushaltfrei*
- *Kleinkinder mit einbinden, nicht alles in den Schlafenszeiten erledigen*
- *Sport, spazieren gehen, Bewegung*
- *Freunde treffen/anrufen*
- *Zeit als Paar genießen*

IMPRESSUM

Laura Ritter wird vertreten durch:

Markus Lück
Hauptstraße 36
56357 Lollschied
E-Mail: markus.publishing@gmail.com

Coverbild: AdobeStock/nataliaderiabina

Haftungsausschluss

Die Benutzung dieses Buches und die Umsetzung der darin enthaltenen Informationen erfolgt ausdrücklich auf eigenes Risiko. Rechts- und Schadenersatzansprüche sind ausgeschlossen. Das Werk inklusive aller Inhalte wurde unter größter Sorgfalt erarbeitet. Dennoch können Druckfehler und Falschinformationen nicht vollständig ausgeschlossen werden. Der Verlag und auch der Autor übernehmen keine Haftung für die Aktualität, Richtigkeit und Vollständigkeit der Inhalte des Buches, ebenso nicht für Druckfehler. Es kann keine juristische Verantwortung sowie Haftung in irgendeiner Form für fehlerhafte Angaben und daraus entstandenen Folgen vom Verlag bzw. Autor übernommen werden. Für die Inhalte von den in diesem Buch abgedruckten Internetseiten sind ausschließlich die Betreiber der jeweiligen Internetseiten verantwortlich.

QUELLENVERZEICHNIS:

1. *https://edoc.ub.uni-muenchen.de/1904/1/Vogt_Ariadne.pdf*

2. *https://www.studentenwerk-freiberg.de/fileadmin/studieren-mit-kind/DieOptimaleSchlafumgebungFuerIhrBaby_Broschuere.pdf*

3. *https://hebamme-karin-rettinger.de/files/hebamme-karin-rettinger/content/info/Babyschlaf_1-6.pdf*

4. *http://geb.uni-giessen.de/geb/volltexte/2008/6077/pdf/HeitkampAndreas-2008-07-10.pdf*

5. *https://www.sciencedaily.com/releases/2016/12/161230123034.htm*

6. *https://www.ncbi.nlm.nih.gov/pmc/articles/PMC5440010/*

7. *https://www.khbrisch.de/presse-news-archiv/presse-kh-brisch/wie-babys-nachts-gut-schlafen-ein-interview-mit-dem-bindungsforscher-karl-heinz-brisch/*

8. *https://www.dgsm.de/downloads/patienteninformationen/ratgeber/DGSM%20Ratgeber%202018/DRUCK_Schlafstörungen%20bei%20Säuglingen,%20Kleinkindern,%20Kindern%20und%20Jugendlichen%202019-02-06.pdf*

9. *https://www.columbianeurology.org/neurology/staywell/infant-sleep*

10. *https://www.researchgate.net/profile/Herbert_Renz-Polster2/publication/248871852_Schlafprobleme_im_Sauglingsalter_aus_evolutionsbiologischer_Sicht/links/56dee6c508aedd1e5150091f/Schlafprobleme-im-Saeuglingsalter-aus-evolutionsbiologischer-Sicht.pdf?origin=publication_detail*

11. *https://www.dgkj.de/eltern/dgkj-elterninformationen/elterninfo-kind-schlaeft-nicht#c5569*

12. *https://www.elternsein.info/schreien/baby-schreit-viel/?gclid=EAIaIQobChMIzp___-736wIVhuJ3Ch31uwl0EAMYASAAEgJaX_D_BwE*

13. *https://www.kindergesundheit-info.de/themen/schlafen/1-6-jahre/schlafbedarf/*

14. *https://www.eltern-bildung.at/expert-inn-enstimmen/babys-schlafen-anders/*

15. *https://www.letsfamily.ch/de/eltern/alltag/articles/das-familienbett-vor-und-nachteile*

16. *https://www.hallo-eltern.de/baby/wachstumsschub/#wann-ist-der-erste-wachstumsschub*

17. *https://www.elevit.de/stillzeit/stilldauer-und-abstillen/#um-abzustillen*

18. *https://medela-family.de/stillzeit/babys-erstes-jahr/die-10-schoensten-einschlaf-rituale-fuer-babys/*

19. *https://www.familie.de/kleinkind/mein-kind-will-nicht-schlafen-die-nerven-liegen-blank/*

20. *https://www.familie.de/kleinkind/gesundheit/einschlafprobleme/*

21. *http://www.gesundheitspsychologin.net/joomla/index.php/blog/kinder/111-warum-rituale-fuer-kinder-wichtig-sind*

22. *https://www.babelli.de/struktur-baby-alltag/*

23. *https://www.kindergesundheit-info.de/fileadmin/user_upload/kindergesundheit-info.de/Download/Schlafen/Schlafprotokoll-BZgA_kindergesundheit-info_01.pdf*

24. *https://www.babymarkt.de/ratgeber/kind/kindesentwicklung/nachtschreck-beim-kind/*

25. *https://www.kindergesundheit-info.de/themen/schlafen/schlafprobleme/haeufige-probleme/*

26. *https://www.somnolab.de/gesunder-schlaf/schlafstoerungen/kinderschlaf/?gclid=EAIaIQobChMI0JWCwbyu7AIV1O5RCh3igQA1EAAYASAAEgJnPvD_BwE*

27. *https://www.hellwach-narkolepsie-erkennen.de/blog/a/narkolepsie-bei-kindern*

28. *https://www.schlafstoerungen-ratgeber.com/folgen-von-schlafmangel.html?gclid=EAIaIQobChMI24jao8mu7AIVS_7VCh1MSALMEAAYAiAAEgJn7fD_BwE*

29. *https://www.abenteuer-erziehung.at/news/176-schlafprogramm-baby-kind-schlaeft-nicht*

30. *https://www.kinder-verstehen.de/mein-werk/blog/ferber-2-0/*

31. *https://www.elternsein.info/schreien/hilfe-bei-schreibabys/*

32. *https://www.tagesspiegel.de/berlin/schlafmangel-bei-eltern-und-kindern-eltern-die-nicht-schlafen-sind-gereizter/24257394.html*

33. *https://www.milupa.de/baby/tipps/mama-auszeit-8-tipps-fuer-einen-entspannteren-Alltag.html*

34. *https://www.familie.de/familienleben/eltern/so-kommen-mamas-trotz-schlafmangel-gut-durch-den-tag/*

Printed in Poland
by Amazon Fulfillment
Poland Sp. z o.o., Wrocław

66809269R00061